和风文丛

［日］三岛由纪夫 / 著

かめんのこくはく
假面的告白

张梦鸽 / 译

花城出版社
中国·广州

图书在版编目（CIP）数据

假面的告白 / (日) 三岛由纪夫著 ; 张梦鸽译. -- 广州 : 花城出版社, 2024.3
（和风文丛）
ISBN 978-7-5360-9838-1

Ⅰ. ①假… Ⅱ. ①三… ②张… Ⅲ. ①长篇小说－日本－现代 Ⅳ. ①I313.45

中国国家版本馆CIP数据核字(2023)第241725号

出 版 人：张　懿
统　　筹：黎　萍　夏显夫
责任编辑：黎　萍　秦翊珊
责任校对：李道学　袁君英
技术编辑：凌春梅
封面设计：L&C Studio

书　　名	假面的告白 JIAMIAN DE GAOBAI
出版发行	花城出版社 （广州市环市东路水荫路11号）
经　　销	全国新华书店
印　　刷	佛山市浩文彩色印刷有限公司 （广东省佛山市南海区狮山科技工业园A区）
开　　本	787毫米×1092毫米　32开
印　　张	8　1插页
字　　数	134,000字
版　　次	2024年3月第1版　2024年3月第1次印刷
定　　价	40.00元

如发现印装质量问题，请直接与印刷厂联系调换。
购书热线：020－37604658　37602954
花城出版社网站：http://www.fcph.com.cn

目录

001　假面的告白

003　第一章

033　第二章

093　第三章

196　第四章

假面的告白*

美——美这个东西实在是可怕！正因为没法儿按固定的标准去衡量它，所以才可怕。至于为何如此，还不是因为神总是爱给我们人类设下谜题嘛。在美的内部，此岸与彼岸合二为一，所有矛盾得以共存。我虽然没什么学问，但这一点算是想明白了。神秘可谓浩瀚无边啊！在这个地球上，有数不清的谜题正在困扰着人类。谁要是能解开这些谜题，那简直就像出水却能不湿身一样。啊，美！而且我无论如何也忍受不了的是，就算是拥有美好心灵和出色理性的优秀人士，往往出发时怀着圣母玛利亚的理想但却反以索多玛城①的理想告终。不，还有比这更可怕的。那就是心怀索多玛城之理想的人，同时也不否认圣母玛利亚

---

* 作者引用自陀思妥耶夫斯基的《卡拉马佐夫兄弟》第三卷第三章《炽热的心之忏悔》。

① 即"Sodom"，"恶行"之意。《旧约·创世纪》所载死海近旁的古城，与格莫拉（Gomorrah）城皆因居民淫邪之罪灭于天火。后比喻道德败坏与淫乱，尤其是为教会所制止的男色、早恋等反自然的性心理及性行为。——全书均为译者注

的理想，恰似纯真的青年时代那般内心燃烧着对美好理想的憧憬。啊，人的心实在是太宽广啦，简直宽广过了头。可能的话我倒是想把它缩窄一点呢。唉，该死的！搞不清到底怎么回事，真是的！在理性之眼中被视作丑陋的事物，在感情的目光下反倒会折射出不可思议的美。索多玛城中到底有没有美？……

……不过，人类可是专爱挑自己的痛苦讲呢！

　　——陀思妥耶夫斯基①《卡拉马佐夫兄弟》②
　　　第三卷第三章　炽热的心之忏悔——诗

---

① 费奥多尔·米哈依洛维奇·陀思妥耶夫斯基（Fyodor Mikhailovich Dostoevskii，1821—1881），俄国作家。与托尔斯泰同为19世纪俄罗斯现实主义文学代表。在社会激荡期所涌现的种种矛盾中深受煎熬，并因而敏锐把握时代的本质。因参加革命战争被流放西伯利亚，患有严重的癫痫旧疾。其作品在表现神秘的宗教精神和病态的心理解剖方面独辟蹊径，给予后来的实存主义文学以深刻影响。主要作品有《罪与罚》《白痴》《恶灵》等。

② 陀思妥耶夫斯基晚年的代表作。讲述了卡拉马佐夫一家父子的爱欲与圣性，通过描绘出地狱般的人间之苦来揭示俄罗斯的整体社会形象。作品构思奇特，对人物的心理分析极为深刻，字里行间洋溢着宗教信念，堪称规模宏大的思想巨著。

第一章

※

在很长一段时间里，我都坚称见过自己刚出生时的场景。每当我说完，大人们总是先笑，末了又觉得遭到了捉弄，便用略带憎恶的眼神盯着面前这个面色苍白、没有童真感的孩子。若我恰巧在不熟识的客人面前说出了这番话，祖母担心人家会以为我是个傻子，便总是厉声打断我，打发我去一边玩。

笑我的大人们往往会拿某些科学解释来试图说服我。什么那时候婴儿还没睁开眼睛啦，就算睁开眼睛了也不可能记得那样清楚啦，他们通常表现出一种装模作样的热情，拼命把道理掰开揉碎以便让幼小的我能够理解。面对依旧疑惑不已的我，他们便摇晃着我稚嫩的肩膀确认："哪，是这样吧？"在那期间，他们似乎意识到自己差点中了我的圈套：可不能因为他是个孩子就大意了，这小家伙一定是给我设下陷阱想借机问出"那事儿"吧？既然如此就不能有个孩子样儿更天真无邪地发问吗？比如"我是从哪儿出生的""我为什么会出生呢"之类的。最终大人们会再次陷入沉默，静静地看着我，脸上挂着一抹莫名的、似乎深受伤害的微笑。

可是，他们真是想多了。我根本就没想问"那事儿"。就算不是这样，我这人十分害怕伤害大人的心灵，怎么可能想出设陷阱这样的伎俩呢？

无论他们怎么对我说教，抑或怎样大笑着离去，我都固执地相信我见过自己刚出生时的场景。可能这要么是当时在场的人后来说给我听的，要么就是自己凭空想象的。可是唯有一个地方，我无法不相信自己没有亲眼见过，那就是为新生儿沐浴的木盆边沿那里。那是一个新做好的木盆，纹理清爽，从盆的内侧往外看，盆边笼罩着一缕朦胧的光束。只有那一处看起来仿佛是用黄金打造而成一般，格外耀眼。水波微微荡漾，不断舔舐着边沿又退下。也许因为反射，又或许光束也照进了水中，盆边下的水看起来十分柔和，细小的水波闪着碎光，不断起伏着。

——对我这一记忆最有力的反驳就是，我不是在白天出生的。我生于晚上九点，所以不可能有太阳光照下来。有人调侃我说："也许是电灯发出的光嘛！"即便这样我仍认为，天再怎么黑，也难保阳光不会仅仅照在盆沿那里——我就这样毫无困难地迈入了悖理之地。那闪烁着碎光的盆沿就作为确实为我亲眼所见的、自己初次沐浴时的事物，反复在我的记忆中晃来荡去。

我出生于大震灾①后的第三年。

在那十年前，祖父因在殖民地长官时代②发生的一桩悬案中替下属担下罪行而辞职（我并不是在耍弄漂亮话。祖父对人类怀有一种愚昧的信赖，其完美程度是我半辈子都没见过谁能与之相比的），自那以来，家境就以像哼着小曲儿般轻松的速度一路下滑。巨额借债、抵押、变卖房产，并且随着家境越来越窘迫，一种病态的虚荣却像回光返照般愈演愈烈——就这样，我出生在一座风气不怎么好的偏僻小城的一角，那是一座租来的老旧宅院，有着虚张声势的铁门、前院和可与郊外教堂媲美的宽敞西式房间，从坡上看是两层楼，从坡下看是三层楼，整体给人以烟熏般的灰蒙蒙的感觉，结构错综复杂，颇为威风。里面有很多昏暗的房间，还有六个女佣。祖父、祖母、父亲、母亲等总共十个人在这个像旧衣橱般吱呀作响的家里起居生活着。

一家人的烦恼来源于祖父的事业心和祖母的病，以及

---

① 日本大正十二年（1923）九月一日的关东大地震。
② 作者的祖父平冈定太郎在明治四十一年（1908）至大正三年（1914）间担任桦太厅长官，因受当时"桦太悬案"牵连而辞职，但之后被证明清白。

花钱大手大脚的毛病。受到一些不三不四溜须拍马之徒带来的绘图的诱惑，祖父开始做起了黄金梦，时不时地去远方旅行。而传统名门出身的祖母则憎恶并蔑视着祖父。她有着狷介不屈的、某种疯狂的诗意灵魂。脑神经痛这一陈年旧疾长久地、顽固地啃噬着她的神经，同时却又让她的理智多了几分毫无用处的清晰。恐怕没人知道，这份一直到死都持续发作的狂躁，是拜祖父年轻时的罪行所赐吧。

就在这个家里，父亲迎来了纤弱美丽的新娘——我的母亲。

大正十四年一月十四日的早上，母亲开始阵痛，晚上九点时生出了不到五斤重的小婴儿。在出生后的第七夜，我被穿上了法兰绒的背心、乳白色纺绸内裤和特等绉绸裁制而成的碎白道花纹和服。祖父当着一家人的面，把我的名字写在了奉书①上，随后用三宝方盘②托着放在了壁橱里。

过了很久我的头发仍是金黄色，所以一直涂着橄榄油，那期间才逐渐变黑了。父母住在二楼。但祖母借口称在二楼养育婴儿是很危险的，把出生仅四十九天的我从母亲手里夺了过来。祖母的病房始终紧闭着，充斥着疾病和

---

① 一种平滑无纹路的纯白日本纸，从古时起用于各式典礼。

② 用来盛放献给神灵或尊贵之人供品的托盘。

衰老的呛人气味，祖母的病床旁并排放了一张床，那就是养育我的婴儿床。

出生快满一年的时候，我从楼梯的第三级上摔了下来，额头处受了伤。当时祖母出去看戏了，父亲的堂兄妹们和母亲都得以喘口气，趁机喧闹起来。母亲突然去二楼拿东西，我追在身后，不小心被她拖曳的和服下摆绊倒，才摔了下来。

家人打电话到歌舞伎剧院把祖母叫了回来。她径直站在玄关处，用右手里的手杖支撑着身体，紧紧盯着迎出来的父亲，仿佛在雕刻每个字般用一种异常沉稳的口吻开口问道：

"死了吗？"

"没有。"

祖母闻言便以巫女那种充满信心的步伐抬脚进来了……

——在五岁那年元旦的早上，我吐出了像红咖啡一样的东西。主治医生来了后撂下一句"把握不大"，像插针包似的给我注射了樟脑液①和葡萄糖。后来我的手腕和上臂都摸不到脉搏了，就这样过了两小时。大家都眼睁睁看

---

① 用于刺激衰弱的血管运动神经，曾作为重症患者的强心剂使用。

着我的"尸体"。

准备好了经帷子①和我生前喜欢的玩具,一大家子也都到场了。之后过了约一小时,我身下淌出了小便。母亲的兄长是个博士,他喊道:"有救啦!"据说这是心脏开始跳动的兆头。过了一小会儿,又有小便淌出来。我的脸颊上开始一点点地重新显现出微弱的生命迹象。

这个病——自体中毒②——成了我的顽疾。每月发作一次,病情时轻时重。有好多次我都濒临危机。听着朝我逼近的疾病的脚步声,我逐渐能够辨别这次它会带我走向死亡,抑或是远离死亡。

我最初的记忆——那是一段奇妙又真实的影像,却同时困扰着我——就大约发生在这时候。

牵着我手的是母亲、护士③、女佣还是婶婶,我已经记不清了,也不清楚当时的季节。午后的阳光黯淡地洒在坡道周围的房屋上,我被某个女人牵着手登上了回家的坡

---

① 白麻寿衣,上书经文或题名。
② 常见于幼童的周期性呕吐症状,一般来说自律神经不稳定的孩童在疲劳时会发生该症状。
③ 明治时期设立有专门培养护士的教育机构,有些家庭便会雇用护士到自己家里以便贴身看护病患。

道。因为对面刚好有人下坡，女人就使劲儿拉着我的手给他让路，在路边停了下来。

这段影像在我脑海中被反复回顾、强化、集中，每次都必定会被赋予新的意义。这么说是因为，明明周围的景象都模糊不清，唯独那个"下坡的人"的姿态却精确得不合理。不过这也难怪，毕竟虽然它困扰、威胁了我半辈子，却是有着纪念意义的最初的影像。

走下坡道的是个年轻人。他一前一后挑着粪桶，额头上缠着一条脏污的毛巾，脸颊泛着健康的红晕，目光炯炯发亮，踏着沉重有力的步伐下坡而来。这是一个清厕工——掏粪人。他脚上穿着胶底短布鞋，下身是一条蓝色裤衩。五岁的我异样地盯着他的身影。虽然还不十分清楚有何意义，但那是某种力量最初的启示，某种阴暗的、奇妙的声音朝我发出了呼唤。而这种启示或声音最初昭显在清厕工身上却是很有寓意的。因为粪尿是大地的象征，所以呼唤我的一定是大地之母那带着恶意的爱。

我预感到这个世界上存在着某种刺痒难耐的欲望。仰望着这个浑身脏污的年轻人，"我想成为他""我希望自己是他"这样的欲望紧紧攫住了我。我清楚地记得，这一欲望中包含两个重点。一个是他那蓝色的裤衩，另一个是他的职业。蓝色的裤衩清晰地勾勒出他下身的轮廓，它柔软地摆动着,我不禁觉得它在朝我走来。我对他的裤衩产生了某种无法言说的憧憬,但我却不明白为什么。

他的职业——心智初开后和其他孩子想成为陆军大将的心理机制相同,"想成为清厕工"这一憧憬开始在我心里滋生。虽然可以说憧憬源自那条蓝色裤衩,但绝不仅仅如此。这一主题在我内心被不断强化,并朝着奇妙的方向发展而去。

这么说是因为,他的职业让我莫名产生了一种向往,一种对钻心的悲哀、如抓心撕肺般的悲哀的向往。从他的职业上我感受到了一种极端感官意义上的"悲剧性的东西"。从那里迸发出的某种"凛然挺身"的感觉、某种自甘堕落的快感、某种对于危险的亲近感以及虚无和活力完美交融后的感觉朝五岁的我汹涌逼来,俘虏了我。不过也许我搞错了他的职业。或许我是从他人那里听来了某种其他职业,因他的打扮而误认,从而牵强地套在了他的职业上。如果不这样的话就解释不通了。

之所以这么说,是因为不久我就在花电车①的司机和地铁的检票员身上强烈感受到了同样的情绪和主题,那是一种不为我所知的、仿佛我被永远排除在外的"悲剧性的

---

① 在祭祀或纪念活动时用人造花和电灯装饰电车并在街道上行驶。

生活"。尤其是地铁的检票员，当时地铁站内弥漫的像是橡胶又像是薄荷的气味和他们蓝色制服胸前的金色纽扣呼应着，轻易触发我关于"悲剧性的"联想。不知为何，我总觉得生活在那种气味中的人们身上存在着一种"悲剧性"。在与我无关的地方发生着的生活和事件，以及那里的人们，为我的感官所渴求却又被我所抗拒，这就是我对"悲剧性的东西"的定义，那种我被永远拒之门外的悲哀总是转移到他们个人，乃至他们的生活上，进而被我所向往。而我自己似乎试图以自身的悲哀为入场券，来想方设法地跻身其中。

这么说来，也许我感受到的所谓"悲剧性的东西"只不过是我的预感所产生的悲哀的投影而已，也许我从一开始就明白自己无法进入那个圈子。

还有另一件最初的记忆。

我六岁的时候学会了读书和写字。所以从我当时看不懂那本绘画书来推断，下面的事一定发生在我五岁那年。

当时在众多绘画书中唯独有一本，两页合并而成的书页上印着的一幅图让我爱不释手。我只要盯着那幅图就能够忘记午后无聊的漫长时光，不过每次有人过来时我都莫名觉得羞愧，然后赶快翻到另一页。护士和女佣对我的看护让我很是腻烦,我巴不得一整天都能够沉醉在那幅图里。每当翻开那一页时我都心跳加速,甚至看其他页时都心不在焉。

那幅图画的是身骑白马手挥长剑的圣女贞德①。白马鼻孔怒张,健壮的前蹄扬起沙尘。贞德身披银白盔甲,上面刻画着某些漂亮的纹饰,他俊美的脸庞从面罩中露出来,凛凛然手挥宝剑直指青天,也许是在迎击"死亡",总之就是某些拥有不祥力量的飞行物。我相信在下个瞬间他就会被杀死,也许快速往下翻的话就能看到他被杀死的画面,也许书上的画会不知不觉间地移到"下个瞬间"……

有一天,护士无意中翻着那一页画,一边对旁边不断拿眼偷看的我说:"小少爷,您知道这幅画讲了什么吗?"

"不知道呢。"

"这个人看起来像个男人吧?但其实是女的哟。画里讲的是她扮作男人的样子奔赴战场为国尽忠的故事。"

---

① 圣女贞德(Jeanne d'Arc,约1412—1431),生于法国东北部香槟-阿登大区的农村少女,英法百年战争中法国惨败后坚信自己受到救国的神谕,于1428年向国王查理七世上书,之后击退英军夺回被占领的奥尔良。但后来被视作异教徒而被处以火刑。

"女的?"

我一下子感觉被击垮了。一直以来所认为的"他"却变成了"她"。这个迷人的骑士不是男人而是个女人,这到底是怎么回事呢?(直到现在我对女扮男装都有一种根深蒂固的、说不清的厌恶)我曾对"他"的死亡格外抱有一种美好的幻想,但如今我却仿佛在人生中第一次遭到了"来自现实的复仇",一种对于我的幻想的残忍复仇。后来,我看到了奥斯卡·王尔德[①]讴歌俊美骑士之死的诗句:

横尸于芦苇和兰花丛中的骑士啊
是如此迷人……

从那以后,我就再也不看那个绘本了,甚至碰都不碰。

---

① 奥斯卡·王尔德(Oscar Wilde,1854—1900),出生于爱尔兰都柏林,以其剧作、诗歌、童话和小说闻名,唯美主义代表人物,19世纪80年代美学运动的主力和90年代颓废派运动的先驱。

于斯曼①在小说《彼岸》中这样写道：吉勒·德雷②所怀有的那种"终将摇身一变为精巧到极致的残虐和微妙的罪恶"的神秘主义冲动，是在奉查理七世③之命护卫贞德的过程中，目睹了她所施展的种种不可思议的事迹之后才滋长起来的。虽说这是负向的机缘（即嫌恶的机缘），但就我自己的情况来说，奥尔良少女④同样起了很大作用。

——还有一个记忆。

汗的气味。那股汗味驱使着我、诱导着我的憧憬，并支配了我……

凝神静听的话，我能听到某种浑浊不清的、极为细

---

① 若利斯·卡尔·于斯曼（Joris Karl Huysmans，1848—1907），法国19世纪著名作家、美术评论家。前期拥护自然主义，和左拉、莫泊桑等人合著了短篇集《梅塘夜话》，之后转向象征主义，转型之后的代表作为《逆流》。

② 吉勒·德雷（Gille de Rais，1404—1440），英法百年战争末期，法国国王查理七世下属的一位统帅，曾是贞德的好友，辅佐贞德转战各地，立下不少功劳。后来沉迷于炼金术与巫术，并先后绑架、杀害一百多名儿童，事情败露后，德雷遭到处决。

③ 查理七世（Charles VII le Victorieux，1403—1461），法国国王，于1422年即位。英法百年战争末期，在贞德的奋战下从英军的支配下夺回全国国土。但因性格优柔寡断，最终未能阻止贞德受刑。

④ 即贞德。

微的、沉声要挟般的声音在沙沙作响。有时还夹杂着喇叭声,单纯的、奇妙的哀婉歌声幽幽传来。我拉着女佣的手催促她"快点快点",期待着赶紧被她抱在怀里然后站到门口那里。

那是军队结束操练后从我家门前经过。我总是期待着能从一些喜欢小孩子的士兵那里得到几个空弹壳,但祖母说那很危险,不允许我要,所以这份期待中又添了几分隐秘的兴奋。军靴沉重的踏步声、满是污渍的军服、扛在肩上的枪林,足以让任何一个孩子都着迷不已。但是真正蛊惑我、驱使我去跟他们索要空弹壳的动机,却不过是他们的汗味而已。

士兵们的汗味——那像海风又像海岸上好似被黄金煎炒过的空气的气味——直冲我的鼻腔,让我为之倾倒。恐怕这就是我最初对气味的记忆。那股气味并没有当即使我产生性快感,但却一点点地,同时强有力地唤醒了我内心对他们职业的悲剧性、对他们的死亡、对他们所凝视的遥远异国的感官性渴求。

……我在人生中第一次遭遇的,就是这些变形的幻影。它们从一开始就以一种极其精巧的完美横亘在我面前,不带有任何缺失。即便多年后我将自己的意识和行动的源泉求之于此,也不曾有任何缺失。从幼年开始,我对人生所持有的观念都未曾脱离奥古斯丁①式的预定说②。数不清多少次我被徒劳无益的迷茫折磨,这种折磨现在也仍在持续着,可若将这份折磨当作一种引人堕落的诱惑的话,那么我所坚信的决定论③不会有半分动摇。

生命中所有让我惴惴难安的东西全都汇总在一份菜单上,在我还未能读懂它的时候就呈到我面前,我需要做的只是戴好餐巾坐在桌前而已。就连如今我写下这本奇异的书,也是菜单上早就标注好的事,我应该从一开始就看透了。

我的童年时代是个时间和空间交相穿插的舞台。比如大人告诉我的各国的新闻,哪里有火山爆发啦叛军暴起啦,一方面祖母疾病的发作和家里鸡毛蒜皮的争吵在我眼前上演,此外方才所沉迷的童话情节又发生在虚幻世界,

---

① 奥古斯丁(Augustine,354—430),基督教早期神学家、教会博士,以及新柏拉图主义哲学家。其思想影响了西方基督教教会和西方哲学的发展,并间接影响了整个西方基督教会。重要的作品包括《论上帝之城》《基督教要旨》和《忏悔录》等。

② 一种哲学理论,认为人类无论灭亡还是被拯救都是冥冥之中注定的。

③ 认为各种自然现象、历史事件,尤其是人的意志,均由某种因素所决定。

这三者总让我觉得是同一系列且有着同等价值的东西。我既不觉得这个世界比搭积木更复杂，也不认为不久后我注定要踏入的所谓"社会"比童话世界更光怪陆离。不知不觉间这种限定悄然展开，而且在我与这种限定抗争的过程中，所有幻想从一开始就浸染着完美得不可思议的、恰似炽热乞求般的绝望。

夜晚，我躺在床上，四周一团漆黑，在黑暗的尽头我看到繁华的大都市粲然浮现。那里寂静得让人怪异，光芒四射又无限神秘。造访那里的人的脸上一定会印上一种神秘的记号。深夜回家的大人们，在言行举止中流露出秘密结社①互通暗号般的腔调。并且他们脸上带着某种闪耀的、难以直视的疲惫。就像触摸圣诞节的面具时指尖会残留银粉那样，如果触碰一下他们的脸，应该就能知道夜晚的都市是用什么颜色的画笔来为他们上色的。

不久，我就目睹了"夜"的开幕。那就是松旭斋天

---

① 原文指"Freemason"，国际秘密结社。产生于18世纪启蒙主义精神，超越人种、阶级和国家，奉行和平的人道主义。其会员包括各国王公贵族、学界名流等。

胜①的舞台（那时她罕见地在新宿的剧场表演，尽管多年后我在同一剧场观看过一个叫"丹特"的魔术师的表演，比起天胜这场不知盛大多少倍，可无论是但丁还是世博会上的哈根贝克马戏团②，都没有天胜那场让我震撼）。

她们丰满的胴体上裹着的服装让人浮想起默示录③中的大淫妇④，慢悠悠地在舞台上踱步，流露着魔术师特有的、落魄贵族般拿腔作调的风度以及某种幽深的妩媚，举手投足间宛如女英雄，奇妙的是，这些气质和她们那粗制

---

① 日本明治后期至大正、昭和初年，魔术界最富权威的女欧式奇术师。于海外巡演一千多种奇术，誉满全球。

② 德国巨大动物演出团。1933年3月到日本，在东京芝地举办的世界妇女儿童博览会上演出。

③ 《圣经·新约》的最后一章，据说是耶稣的门徒约翰所写，正值基督徒因信耶稣基督、承认耶稣为主而惨遭迫害。而启示录的出现，正好给一班受苦基督徒一个来世的盼望，劝勉他们在遭受苦难和迫害的时候仍要坚守信仰，仰望将来天上的福分。

④ 《新约·默示录》中提到的寓言式的邪恶人物，在末后会掌有管辖地上众王的能力。第17章第4节载："那女人穿着紫色和朱红色的衣服，用金子、宝石、珍珠为妆饰，手拿金杯……"

滥造的劣质服装才能发出的大喇喇的光芒、女浪曲师[①]般的浓艳妆容、从头涂到脚指甲上的白粉、串着人造宝石的华丽臂环等呈现出一种沉郁的和谐。或者说，正是没涂白粉的阴影处表现出的违和感，才使肌肤那细腻的纹理传达出了一种独特的协调。

我模模糊糊地意识到，"想成为天胜"和"想成为花电车的司机"这两个愿望在本质上是不同的。最明显的不同在于，前者中几乎完全不含有对"悲剧性"的渴求，我也免于遭受因憧憬与愧疚的双重碾压所带来的烦躁。可即便如此，我也痛苦地隐忍着内心的悸动，终于有一天我偷偷溜进母亲的房间并打开了她的衣柜。

我将母亲的和服中最为华丽烦琐的那一件扯了出来，腰带上还用油彩描绘着绯红色的玫瑰，我效仿土耳其的高官那样把它缠在身上，然后用一块绉绸包袱布包住头。照镜子后发现自己即兴设计的头巾很像《宝岛》[②]中登场的

[①] 浪曲是一种说唱艺术，最初由传统的说经祭文演变而来。一般由一个人说唱，以三味线伴奏。浪曲师要穿着传统和服，有时手中持一纸扇作为道具。一部浪曲中会涉及众多的角色，全部由浪曲师一人以不同的说话语气和动作呈现出来。

[②] 英国作家史蒂文森（1850—1894）1883年发表的冒险小说，给后世留下深远影响，在好莱坞被多次改编为电影和电视剧。

海盗的头巾，我不禁欣喜若狂脸颊发烫。但是我的工作还比这艰巨得多，我的一举一动，甚至我的指尖和脚趾都必须得营造出神秘感。于是我将袖珍小镜掖在身上的腰带里，往脸上薄薄地涂了一层白粉，最后还把银色的袖珍电筒啦镂金的老式钢笔啦这些亮闪闪的东西一股脑儿挂在了身上。

就这样我煞有介事地冲到了祖母的房间里，克制不住内心癫狂的怪异和兴奋，我一边喊叫着，一边在屋子里来回跑。

"天胜！我是天胜！"

当时除了病床上的祖母，母亲和某位访客以及专门负责这间病房的女佣也在场，但我眼里看不到任何人，我只看到了自己，想到自己所装扮的天胜正受到众人瞩目，我就头脑发热忘乎所以。突然不知怎，我看到了母亲的脸。母亲脸色泛白，失了魂儿一般地坐在那里，一和我四目相对，就倏地垂下了眼帘。

我当下就明白了。泪水逐渐涌了上来。

当时我明白了什么，或者说被迫明白了什么呢？"无罪却悔恨"这一将来人生的主题，在此时就已经显露端倪了吗？还是说，我由此得到了这样的教训——置身于爱的目光中时，孤独竟被衬托得如此不堪，同时反过来也使我学到了自己独有的、拒绝爱的方式呢？

——女佣把我拉了出去。我被带到另一个房间里，像一只被拔毛的小鸡仔那样，眨眼间身上那荒唐的装扮就被剥了下来。

自从开始看电影后，我的变装欲越发不可收拾。这个癖好一直显著持续到十岁左右。

某天我和家里的学仆①一起去看了《弗拉·狄阿波罗》②这部音乐电影，饰演狄阿波罗的那名艺者袖口处有长长的蕾丝不断飘动，他那身宫廷服装一直萦绕在我脑海中。当我说"真想穿穿那件衣服、戴戴那顶假发啊"时，学仆不屑地笑了一下。别看他现在一本正经地，我可知道他经常在女佣的屋里模仿八重垣姬③来博她们笑呢。

天胜之后我又开始痴迷埃及艳后。那是临近年关的某个下雪天，在我的纠缠下我的保健医生带我去看了有关她

---

① 日本明治及大正时代学生的别称，指寄宿在政治家或学者家中，一边帮助打理家中杂事一边在学校学习的人。

② 原作以19世纪意大利台拉齐纳附近的小村庄为舞台，描写山寨王弗拉·狄阿波罗周边男女爱情的纠葛。

③ 近松半二所作歌舞伎义大夫狂言《本朝二十四孝》中的女主人公。该剧描写武田、上杉两大家族纠纷中青年男女情恋和忠臣为主尽忠的故事。八重垣姬乃歌舞伎三大名伎之一。

的电影。因为临近年末所以观众很少,医生把脚伸到栏杆上酣睡起来,只留我独自睁着好奇的眼睛,痴看着埃及艳后倚在由众多奴隶抬着的奇特辇台上朝罗马而去,看着她那涂了厚重眼影的深邃眼神、那妖异的服装,以及波斯毛毯中露出来的琥珀色的半裸胴体。

从那以后,我开始沉迷于背着祖母和父母(即便怀着一种罪无可赦的兴奋)在妹妹或弟弟面前装扮成埃及艳后。扮成女装后我期待得到什么呢?后来,我在罗马衰落期的皇帝,就是那个罗马古神的破坏者、颓唐的禽兽帝王——埃拉加巴卢斯①身上找到了答案。

至此,我讲完了之前说过的两种前提,有必要再来回顾一下。第一个是清厕工、奥尔良少女和士兵的汗味,第二个则是松旭斋天胜和埃及艳后。

但还有一个前提我必须讲。

我把孩童能入手的童话故事都看了个遍,但我从不喜欢公主,我只爱王子,尤其爱被杀死或注定要被杀死的王子。我爱所有将被杀死的年轻人。

---

① 埃拉加巴卢斯(Heliogabalus,204—222),罗马皇帝,14岁时被军队拥立为皇帝。骄奢淫逸,终为近卫军所杀。

但至此还未结束。安徒生的《玫瑰精灵》中，俊美的青年在亲吻恋人赠予的玫瑰时，被恶徒用大刀捅死并割下头颅；《渔夫与美人鱼》中，年轻渔夫的尸骨被海水冲到岸上，他怀里还紧紧抱着美人鱼……在众多故事中何以我独独对这两者念念不忘、痴迷不已呢？

当然我也十分喜欢其他富有童真的东西，比如安徒生童话中的《夜莺》，另外很多适合孩子阅读的漫画书我也爱看。然而我却无法控制自己动辄就迷醉于死亡、黑夜与血色中。

"注定死亡的王子"这一幻象始终与我如影随形，没有人能为我解开疑惑，为何将王子们穿着紧身裤、曲线毕露的身姿和他们悲惨的死亡放到一起联想时，竟能使我产生如斯快感呢？在此我来说匈牙利的一个童话故事。很长一段时间里我对里面那幅原色印刷的、极为写实的插画都着迷不已。

插画中的王子穿着胸前饰有金丝刺绣的玫瑰色上衣和黑色紧身裤，束着墨绿的黄金腰带，红色里衬的藏蓝色披风在他身后猎猎翻飞。他戴着绿金头盔，佩着鲜红色的长刀和绿革皮箭筒，戴着白皮革手套的左手中攥着弓，右手扶在林中古木的树梢上，以一种凛然又沉痛的神色俯视着张着可怖的巨口、随时会朝他扑来的恶龙。王子脸上带着一种必死的决心。倘若这个王子终究会击退恶龙大获全胜的话，恐怕他对我的诱惑会大大减小。但好在王子是注定会死的。

遗憾的是死亡的宿命并不是尽如人意的。要想拯救妹妹以及和美丽的精灵女王结婚，王子必须经受七次死亡的考验，但每一次他含在口里的魔法宝石都救活了他，最终取得成功安享幸福。前面说的那幅图就是王子第一次死亡——被恶龙咬死——之前的场景。在那之后，王子或是"被大蜘蛛缠住后注入了毒液，然后狼吞虎咽地被吞食"了，或是被淹死、被烧死、被毒蜂毒死、被毒蛇咬死，要么掉进密密麻麻地插着大片长剑的坑里，要么被"暴雨般"从天而降的无数巨石砸死。

其中"被恶龙咬死"的情节写得尤为详细，书里这样写道：

"恶龙当下就吧唧吧唧地把王子撕咬成了碎片。王子被撕咬的时候痛得受不了，但他坚持忍耐着。等完全被撕碎后忽然间身体又变回原样了，王子敏捷地从恶龙嘴里跳出来，身上连擦伤都没有。而恶龙就当场倒地而死了。"

这处描写我看了不下一百遍。我总觉得"身上连擦伤都没有"这一句是个不可忽视的缺陷。每每读到这一句我都觉得被作者背叛了，他犯了一个严重的错误。

后来我灵机一动,想出一个妙法。那就是读这一段时,用手把"忽然间"到"而恶龙"这部分遮盖起来。这样一来,这本书就完美了,因为那一段会变成这样:

"恶龙当下就吧唧吧唧地把王子撕咬成了碎片。王子被撕咬的时候痛得受不了,但他坚持忍耐着,等完全被撕碎后就当场倒地而死了。"

——在大人看来,这种剪辑的方式也许很荒唐吧?但是我这名年幼的、傲慢的、总是沉迷于自身喜好的检察官即便知道"完全被撕碎"和"当场倒地"这两句话互相矛盾,也仍然把它们拼接了起来。

另一方面,我也喜欢幻想自己战死或者被杀死。然而我却比别人更能感受到死亡的恐惧。比如,当我欺负女佣把她弄哭后,第二天早上她却像什么都没发生过那样笑着服侍我用早餐,我从她的笑脸上读出了多种含义。

那个恶魔般的微笑只让我觉得她怀着十二分的胜算。她一定是想给我下毒来报复我吧。我心里开始害怕起来。她一定把毒投到了大酱汤里。当我这么想时,那天早上我绝对不会碰大酱汤。然后有好几次吃完饭离席时,我都用一种"看到了吧"的表情紧盯着女佣的脸。女佣站在餐桌对面,眼见自己的毒杀计划被识破,恐惧得站都站不稳,悔恨地望着凉透了的、还浮着一些灰尘的酱汤。

祖母顾及我病体虚弱,此外也担心我学坏,所以就禁止我和周围的男孩子一起玩,这样一来除了女佣和护士,我的玩伴就只有祖母为我挑选的三个邻家女孩。但一些轻微的噪声,比如大力开门关门的声音、玩具的喇叭声、摔跤声等,一切刺耳的声音或动静都会引发祖母右膝的神经痛,所以我们玩耍时必须比普通女孩们还要安静。倒不如说,我更乐意自己一个人看书、搭积木、画画,或者沉浸在幻想中。后来我的妹妹和弟弟出生了,他们在父亲的抚养下度过了像样的、自由自在的童年(没有像我一样被托付给祖母),可我却并不怎么羡慕他们的自由或者肆意妄为。

但是,我去堂妹家玩的时候情况就不一样了。因为那时连我都被要求要当个"男子汉"。七岁那年的初春我要升小学了,快开学的时候祖母带我去堂妹——就算是杉子吧——家拜访,当时发生了一件值得纪念的事。听到大伯母他们夸我说"长大啦长大啦",祖母颇为得意,在吃饭时特许我破例了一次。在前面提到过,自体中毒这一顽疾在我身上频繁发作,所以祖母一直都禁止我食用"藏蓝色的鱼"。在这之前,我只吃过比目鱼、鲽鱼和鲷鱼这样的白肉鱼。吃土豆时也都是压成泥再过一遍筛子,点心不能吃有馅儿的,只能吃口感寡淡的饼干、甜脆饼或硬糕点,水果只能吃切瓣的苹果或少量柑橘。那天是我第一次吃藏蓝色的鱼——鲕鱼,我吃得非常开心。那份美味意味着别人认可我是一个大人了,可每当我意识到这一点时总会有些阴郁的不安——"对将要成为大人而感到不安",这份沉重又让我的舌尖不由得泛起一阵苦涩。

杉子是个健康、朝气蓬勃的孩子。留宿她家时我们总是把床并在一起,杉子往往一挨着枕头就像机器那样很快入睡,而难以入眠的我则怀着几分嫉妒和感叹在一边看着她。比起自己家,在她家我要自由得多。因为在祖母看来,这里没有随时把我夺走的假想敌——我的父母,所以她可以放心地给我自由,不必像在家里那样总是得把我放到眼皮子底下。

然而,我并没有畅快地享受自由。就像大病初愈后初次走路的患者那样,我被一种无形的义务约束着,备感憋屈,我宁愿颓废地瘫在床上。在这里我被迫要做一个男子汉,在众人眼中这是不言自明的事情。我只好开始了还不太得心应手的表演。别人觉得我在表演的时候,对我来说那其实是渴望回归本心的流露,别人眼中无比正常的我才是假扮出来的——从这时起我开始隐约明白了这个机制。

这种非本意的演技迫使我对杉子和另一个堂妹说"我们来玩打仗游戏吧"。因为对方是两个女孩,所以这并不是个合适的游戏,更不用说对方的女英雄①看起来一副兴致缺缺的样子。我之所以提议玩这个游戏是出于一种反向的逻辑,也就是说我不想讨好她们,就是要多少为难她们一下。

接近傍晚的时候,虽然彼此都很无聊但我们还在家里家外玩着并不擅长的打仗游戏。杉子在树荫下模仿机关枪的声音嘴里叫着"哒哒哒",我想是时候结束游戏了。然后我逃进家里,看到女兵们嘴里一连串喊着"哒哒哒"一边追过来,我就捂着胸口重重倒在了坐垫正中间。

"小公,你怎么啦?"

——女兵们一脸紧张地凑了过来。我闭着眼一动不动地回答说:

"我被打死了嘛!"

想象着自己以一种扭曲的姿态倒下,我就感到兴奋。中枪死去这种状态带给我一种难以言说的快感。我甚至觉得即便真的被枪弹击中,我也不会觉得痛的。

---

① 原文指"Amazonen",德语,复数形式,指希腊神话中亚马孙流域好战的女性部落。引申意为"女英雄"。

幼年时期……

我遇到过一个有着象征意义的场景。在如今的我看来，那幅场景就代表了我的童年。看到它时，我预感到童年与我挥手作别，从此将离我而去。过往时光尽数破体而出，在那个场景前来回盘旋，精确地复刻着场景中的人物和动静，复制成功的瞬间那个场景就消融在时间长河中，留给我的只有一件复刻的孤品——与幼年时期一模一样的标本。每个人的童年中应该都有一起这样的事件。只是它往往都是毫不起眼的碎片，连"事件"都称不上，多数时候都难逃被我们忽视的命运。

——那个场景是这样的。

那天，夏日庙会的游行队伍如潮水般涌进了我家。

祖母顾虑自己腿脚不方便，加上为了我这个孙儿，她央求相关的企业家，让他们从中周旋以便让城里庙会的游行队伍从我们家门前经过。本来这里并不在游行的路线之内，但因负责人的安排，后来队伍每年都会绕些远路经过我家门前。

我和家里的人一起站在大门前。缠枝纹图案的铁门往两边大开着，门前的石板路上提前洒了清水。太鼓声时断时续，逐渐接近。

不一会儿，穿插在运木歌①悲凉旋律中的歌词也开始断断续续地传入耳中，那个旋律穿透混乱嘈杂的游行队伍，告知了我们此刻这只闻其声未见其形的喧闹的真正主题。那仿佛是在诉说这场盛会的悲哀，悲哀在于它是一场人和永恒之间极为庸俗的相会，只有在虔诚的、违背伦理的情况下才能实现。不知何时模糊不清的杂音逐渐清晰起来，那里有开路的锡杖的金属声、太鼓低沉的轰鸣、神轿轿夫那此起彼伏的口号声等。我的胸口怦怦直跳（从那一刻起殷切的期待与其说是种喜悦，倒不如说是痛苦），简直站不稳般呼吸困难起来。持着锡杖的神官戴着狐狸面具，那个神秘兽类的金色瞳孔像是摄去我的魂魄般一直紧盯着我。我发觉自己不知何时抓住了身边大人的衣角，并且随时准备着从眼前的队伍带来的、近似恐怖的狂欢中逃脱。从这时开始我应对人生的态度就是这样，对于热切期盼的事物，对于事先在脑海中勾勒了千万遍的事物，到头来我能做的只有仓皇逃走。

不久脚夫抬着捆绑有七五三绳②的功德箱过去了，随

---

① 拉运木材或石头等沉重货物时众人作为口号齐唱的民谣。庆典拉彩车时也会唱颂。

② 神道祭祀用具，编织而成的粗大的稻草绳，根据形式不同下端会垂有七根、五根、三根稻穗。

后孩童神轿欢快地上下颠动着过去了,终于黑金相间的庄严的大神轿靠近了。

在它还未到跟前时,远远望着一片嘈杂中轿顶的金色凤凰宛如海浪中四处漂浮的海鸟一般剧烈起伏着,那种华丽不由得使我们感到一种不安。只有神轿周围涌动着一股像是无风状态下的热带空气那般的燥热,看上去就像一种带着恶意的懈怠在年轻小伙们赤裸的肩头狂热地颠动着一般。红白相间的粗绳、黄金打造的黑漆栏杆,还有轿上涂着金粉的紧闭的小门,那扇门后四尺见方的空间里是一片漆黑,在万里无云的夏日晴空下,那片狭小天地中的黑夜不断起伏颠动,俯瞰众生。

神轿来到了我们面前。小伙们穿着一样的浴衣①,裸露着大片的肌肤,不断颠动着肩上的神轿,看上去像是神轿醉得不省人事一般。他们步伐纷乱,双眼似乎注视着某种超脱世外之物。扛着巨大的团扇的年轻人们,一边高声喊着号子一边围着他们跑来跑去。神轿时而晃悠悠地几欲倾倒,又马上在狂热的口号中再度被抬起。

直到此时抬着神轿的小伙们看上去还是和原先一样摇晃着身体,然而也许大人们预感到他们身上有某种力量

---

① 一般用于浸过温泉或沐浴后穿着,轻薄又舒适,也可用于日常穿着,比和服更轻便简洁。

即将喷薄而出，突然间被我抓着衣角的大人将我拽到了后面，有人喊道："危险！"接下来我就不知道发生什么事了。有人拉着我的手从那里逃开了，飞奔着穿过前院后又从二道门处冲进了家里。

我和身边的人一起跑到了二楼，来到阳台上，屏着呼吸看着抬着黑色神轿的众人一窝蜂地拥进了前院。

过后很长一段时间我都在想，到底是什么力量驱使他们做出了这样的举动，但却不得而知。到底为什么那几十个年轻人有计划地冲进我家里面呢？

院内的花草被他们踩踏得乱七八糟。这是一场真正的祭祀！熟悉到让我腻烦的前院变成了另一番天地。神轿在那里绕来转去，每个角落都留下了他们的足迹，灌木丛哗啦啦地倒向两边又被踩在脚下。我甚至都不明白他们在干什么。各种声音混杂在一起，凝固的沉默和空洞的轰响奏鸣出一支交响曲。眼前的色彩也不断跳跃着，金色红色紫色绿色黄色蓝色白色一股脑儿地涌出来，有时那里似乎一片金色，有时又似乎一片红色。

然而，在其中有着唯一鲜亮的事物，它使我深受震撼，让我几欲窒息，同时内心又充满了莫名的苦涩——那就是抬着神轿的人们那浪荡又露骨的陶醉表情。

第二章

※

近一年以来，和其他孩子一样，我为自己被赠予的玩具而烦恼不已。这年我十三岁。

那个玩具动辄就会膨胀起来，暗示着我如果手法得当它将十分有趣。可是哪儿都没有写明使用方法，所以要是玩具主动想跟我玩的话，我就只能茫然无措了。由此产生的屈辱感和焦躁席卷而来，一度让我想毁了它。可最终，对于这个知晓了我的甜蜜秘密的玩具，我却只能主动臣服，眼睁睁地看着它一脸不羁。

结果，我开始想要更加虔诚地倾听玩具的声音。带着这样的念头，我发现它本身早已有了某种明确的嗜好，也就是所谓的规律。这种嗜好所包含的一系列事物——夏天海边看到的裸体小伙、神宫外苑泳池里的游泳选手、和堂姐结婚的那个有着微黑皮肤的青年、众多冒险小说中勇敢的主人公等——彼此串联着，依存在我幼时的记忆里。一直以来我都把它们和具有诗意的另外一些事物混为一谈了。

玩具果然也在死亡、血腥和硬朗的肉体前抬头了。偷偷从学仆那儿借来的故事杂志的卷首插图上画着血淋淋的决斗场景：正在切腹的年轻武士；中枪后的士兵咬紧牙关捂着胸口，鲜血渗透军服从手指缝隙间滴落；像"小结"①一般身材不很肥硕反倒健壮结实的相扑手……一看到这些图片，玩具就会立刻好奇地抬起头来。若说"好奇"这个字眼不太妥当的话，那么也可以换成"爱"，抑或是"渴求"。

随着渐渐明白这些事情会带给我快感，我开始有意识地策划起来。先是筛选，然后进行整理。要是故事杂志的卷首画的构图不尽如我意，我便先用彩色铅笔将之临摹下来，再细细地予以修正，比如胸口中枪后半跪着的马戏团青年，从高空坠落后摔碎了头骨，半张脸浸泡在血泊里的走钢丝的艺人等。这些残忍血腥的画就藏在家里书柜的抽屉里，所以即便身在学校，我也唯恐它们被人发现，根本没能认真听课。我的玩具深爱着它们，所以我无论如何都做不到画完后立刻匆匆将之撕毁。

就这样，恍恍惚惚间光阴虚度，别说是首要目标了，就连次要的目的——即养成"恶习"——我那桀骜不驯的

---

① 大相扑中第四等级的力士，位居横纲、大关、关胁以下。

玩具也不曾达到。

　　我经历了周遭环境的种种变迁。我所出生的大家庭分成了祖父母和我、父母和弟弟妹妹两家，搬到新的小镇上后两家相距不过半公里远。在此期间父亲因政府调令被外派到欧洲，辗转各国后又回来了。不久父亲再次举家搬迁，趁这个机会他终于下了个迟来的决定，要把我接回自己家去。和祖母依依不舍地告别后——父亲将那个场面戏称为"新派悲剧"——我也搬进了父亲的新家。这里距离原先祖父母的住处需要乘坐好几站国营电车和市内电车。祖母日日夜夜抱着我的相片以泪洗面，倘若我没遵守一周去过夜一次的约定，她的旧疾就会立刻发作。这种状况恰似十三岁的我有了一个六十岁的恋人。

　　这期间父亲离开我们，被调去大阪工作了。

　　有一天因为有点感冒，家人特许我可以不去学校，我便借机拿了好几本父亲从外国带回来作为纪念的画册到房间里细细鉴赏。其中，意大利各城市美术馆的介绍上刊登着希腊雕像的图片，我尤其为之着迷。众多著名的裸体绘画中，我也更偏爱黑白图片。理由很简单，就是因为黑白的看起来更真实。

　　如今拿在手里的画册，我今天算是第一次阅览。一方面是因为小气的父亲不想让它被孩子的手弄脏,所以一直深藏在柜子里(一半也害怕我沉迷于名画中的裸体女人,但就算如此,父亲可真是搞错了我的嗜好),另一方面也因为我并没有像对故事杂志那般对它们抱有很大的期待——我把快到底的画册又往下翻了一页。随着页面翻起,一幅画由下而上地展现在我眼前,仿佛它为了我已经等在那里好久了一般。

那就是收藏于热那亚的帕拉萨罗索宫①中的雷尼②的《圣塞巴斯蒂安③》。

画里一棵黑色的树微微倾斜,树干上绑着一个俊美异常的裸体青年,枝干上垂下的绳子将他的手腕交错着高高吊起,除了这根绳子之外,青年的遮身之物就只有松松垮

---

① 建于17世纪的绘画馆。

② 圭多·雷尼(Guido Reni,1575—1642),意大利博洛尼亚派画家,以其神话和宗教题材作品中所表现的古典的理想主义著称。画风具有严谨的素描、明快的色彩,富有抒情的意境。

③ 圣塞巴斯蒂安(Sebastian,256—288),天主教徒,在3世纪基督教迫害时期,被罗马戴克里先皇帝杀害。他被尊为圣人和瘟疫者的主保。在文艺作品中,他被描绘成被捆住后用乱箭射穿的形象。

胯围在腰间的一块白色粗布。受刑架的后面是提香①风格的幽深森林和黄昏的天空，构成一片灰暗的远景。

这是一幅殉教图——我也意识到了这一点。另一方面，虽然它出自文艺复兴末期崇尚耽美的折中派画家之手，却给人以强烈的异教观感。因为画中青年那堪比安提诺乌斯②的肉体上，不像其他圣徒那样有着辛苦布道的印记和衰老的迹象，它传达的唯有青春、光、美以及安乐。

青年那圣洁无比的裸体在微微暮色中散发着光辉。作为一名禁卫军，他那常年拉弓挥剑的健壮臂膀如今被以一种毫不费力的角度高高吊起，手腕也随之交叉着扭绑在头顶正上方。他微微仰着脸，遥望着上天的荣光，目光深邃又平和。无论是往前挺出的胸膛、绷紧的腹部，还是微拧的腰身，都让人感觉不到他的痛苦，反而传达出某种音乐般的、沉静的闲适之感。倘若没有深深扎在左腋和右侧腹部的箭矢的话，他的姿态看起来甚至像是薄暮中一位靠在庭院树木上小憩的罗马斗士。

---

① 提香（Titian），意大利文艺复兴后期威尼斯画派的代表画家，作品构思大胆，气势雄伟，构图严谨，色彩丰富、鲜艳。

② 安提诺乌斯（110—130），来自比西尼亚的希腊少年，是罗马皇帝哈德良的同性爱人和狩猎同伴，于公元130年在随皇帝本人出巡埃及途中溺亡于尼罗河中，后被悲痛的皇帝追奉为神并受到祭拜。

箭矢强有力地射进了他紧绷的、散发迷人芬芳的鲜活肉体中,赋予他极致的痛苦与欢愉,欲将他由内到外燃烧殆尽。然而画面中却不见一丝血光(流血的场景没有描绘出来),更没有像其他塞巴斯圣徒图那样充斥着铺天盖地的弓箭。恰似映照在石阶上的枝丫阴影那样,仅有的两支箭矢在他那大理石般的肌肤上落下了一抹静谧秀丽的影子。

不过上面这些判断和观察全都是我后来的想法。

在看到那幅画的瞬间,我的全身心都因某种邪教般的欢愉战栗起来。我浑身血液沸腾,某处器官叫嚣不已。那个部位肿胀得仿佛要炸裂,它带着前所未有的急切等待着我的使用,随之又开始责怪我的无知,愤怒地翕动着。不知不觉间我的手开始了不可告人的律动。我逐渐预感到身体深处某种隐秘又闪耀的东西过早地席卷而来,刚这么想,那股冲动就喷薄而出了,而我神志恍惚如登极乐……

——过了一小会儿,我羞愧地四下张望着面前桌子周围。窗外的枫树在我的墨水瓶上、教科书上、字典上、写真版画集上、笔记本上投下一片片明媚的影子,飞沫状的白浊物沾在教科书的烫金标题上、墨水瓶肩部和字典的一角,有的黏糊糊地缓缓滴落着,有的像死鱼的眼睛那样闪着暗淡的光……但幸好我当时迅速用手阻挡了一下，才没有把画册也弄脏。

这就是我第一次ejaculatio①，这次偶然的、笨拙的操作驱使我推开了"恶习"的大门。

赫希菲尔德②认为，说起尤为精神异常者追捧的绘画雕像当首推《圣塞巴斯蒂安》。不过就我自身而言，那只是个意味深远的偶然事件。由此很容易推测出，精神异常者，尤其是天生的精神异常者身上大多都同时潜藏着异常的冲动和sadistic③倾向，两者错综复杂，密不可分。

传说圣塞巴斯蒂安诞生于三世纪中叶，后来当上了罗马军队的禁卫军首领，最后死于殉教，结束了短暂的三十多岁的人生。他死亡的那一年是公元288年，恰逢戴克里

---

① 拉丁语，射精。
② 马格努斯·赫希菲尔德（Magnus Hirschfeld，1868—1935），德国犹太裔人。内科医生和性学家。他曾经公开承认自己是同性恋者。他认为同性恋是第三性，即介于男性与女性之间的中性，而不是一种疾病。后人称为"性爱恩斯坦"。
③ 英语，施虐癖的、虐待狂的。

先帝①在位期间。这个皇帝在爬上高位之前曾是下层贫苦之人,因其秉持独特的温和主义而广受爱戴,但副皇帝马克西米安却厌恶基督教,他处死了基于和平主义的教义而抗拒征兵的非洲青年马克西米莱纳斯,同时以同样的理由处死了百人队队长马塞拉斯。圣塞巴斯蒂安的殉教就是发生在这样的历史背景下。

圣塞巴斯蒂安暗中皈依了基督教,他不但慰劳狱中的基督教徒,还让市长等人改信基督。这些行径被发现后,戴克里先下令处死了他。被铺天盖地的箭矢射死后,有个虔诚的寡妇前来为他收尸,却发现他的身体尚有余温。经过寡妇的照料,圣塞巴斯蒂安复活了。但他随即冒犯皇帝,言辞间亵渎他们的神灵,所以又被棒打而亡。

这个复活传说的主题,只能归因于对"奇迹"的渴求。否则无论是怎样的肉体,被那么多的弓箭贯穿后也不可能复活的吧!

为了人们能更深刻地理解我那激昂的感官欢愉究竟具有什么性质,我把多年以后创作的一篇未完的散文诗附在下面。

---

① 戴克里先(拉丁语 Diocletianus,244—312),罗马帝国皇帝,于公元284年11月20日—305年5月1日在位。其结束了罗马帝国的第三世纪危机(235—284),建立了四帝共治制,使其成为罗马帝国后期的主要政体。他也是唯一一位自愿放弃帝位与权力的罗马皇帝。

圣塞巴斯蒂安（散文诗）

某天我透过教室的窗户发现草坪上有棵个头不高的树在随风摇动。望着望着，我逐渐心跳加速起来。那棵树实在是太美了。它整体呈现一种圆润又端庄的三角形，茂密的枝干像烛台那样左右对称地舒展着，承载着一团浓绿。绿色下隐约可见主干，宛如昏暗的黑檀底座那般沉稳坚劲。那棵树在打造自己时极尽精巧之能事，另一方面也并没有失却"大自然"的那份优雅的随性，它只是矗立在那里，仿佛它本身就是自己的创造者那般，守着这份不言自明的沉默。它堪称艺术品，进一步说，它是个音乐作品。

也许那是一名德国音乐家为室内演奏而创作出来的。它听起来宛若圣乐，就像宗教壁画的图案给人以祥和安乐之感那样，这个音乐听起来充满了庄严与眷恋……

对我来说，那棵树的形态和音乐间的相似性是具有某种意义的，两者互相联结后又合成为一种强大深远的东西朝我袭来，我无法言表那股灵妙的震撼，但至少可以说那不仅仅停留在抒情层面，而是宗教与音乐交融时所产生的、类似于那种我曾体验过的隐秘的眩晕感。——突然我产生了一个疑问："那不就是这棵树吗？"

"就在这棵罗马的树上,年轻的圣者双手被绑在身后,神圣的鲜血如雨后水帘那样不断滴落在它的树干上。那副青春的肉体因死前的苦痛而煎熬不已(也许那表明了世间的所有欢乐和烦恼都在此刻归于虚无),他剧烈地扭动着,挣扎着。"

根据殉教史的记载,戴克里先在登基后的几年间,梦想获得如飞鸟翱翔天空般的无上权力。此时有个年轻的禁卫军首领因祭拜禁忌之神而被问罪逮捕,他那柔韧的躯体让人不禁联想起哈德良帝[①]在位时,他所宠爱的一个有名的东方奴隶。同时他那大海般的眼神中带着叛逆者的冷酷。这名禁卫军首领俊美又倨傲。他的头盔上插着一枝镇上少女们每天早上送来的白百合,在高强度操练的休息期间,那枝百合就顺着发流优雅地斜插在他茂密的发丝间,宛如白天鹅的长颈一般。

无人知晓他生于何地又来自哪里。但人们能预感到,这名有着奴隶般身躯和王子般容貌的年轻人终将离去。这

[①] 普布利乌斯·埃利乌斯·哈德良(Publius Aelius Traianus Hadrianus,76—138),绰号"勇帝",罗马帝国安敦尼王朝的第三位皇帝。哈德良在位期间,停止东方战争,与帕提亚国王缔结和约,改革官僚制度和法律。哈德良个人爱好丰富,是一位博学多才的皇帝。

个恩底弥翁①是羊羔的放牧者,他才是千挑万选后被赐予最为丰饶牧场的放牧人。

此外还有好几个少女坚信他来自大海。因为能从他的胸口处听到大海的雷鸣;因为他的眼底闪烁着神秘的、永不消亡的地平线,那是来自大海的馈赠,只有生于海边却被迫离开的人们的瞳孔深处才会有;还因为他的呼吸像盛夏的海风般炽热,散发着被冲上岸的海草的清新。

圣塞巴斯蒂安——禁卫军首领——所流露的美,不就是被杀死的美吗?罗马那滴着血的鲜嫩肉块和销魂蚀骨的美酒使健壮的少女们练就了敏锐的五感,正因为从一开始就看透了他那尚不自知的不幸宿命,所以她们才爱慕着他吧。在他那洁白肌肉的内层,血液正比往常更凶猛地循环翻涌着,只等不久后这具肉体被撕裂开时就伺机迸射而出。对于血液的这般热切希求,少女们如何能熟视无睹呢?

这不是他命薄。绝对不是。这是某种更为不羁的,甚至也称得上是某种耀眼的东西。

比如就算沉浸在接吻的甜蜜中时,他的眉间也会流露

---

① 恩底弥翁(Endymion),希腊神话中的美男子、牧羊人。卡吕刻(Calyce)与厄利斯国王埃特利俄斯之子,一说为宙斯(Zeus)之子。恩底弥翁最著名的传说是与月亮女神塞勒涅(Selene)的恋情。

出一抹死之苦痛①。

他自己也隐约预感到了,在前方等着自己的是殉教这条路,自己与世俗的隔阂也正昭示了这一悲哀的宿命。

——那天早上,圣塞巴斯蒂安因军务繁忙,天刚亮就翻身起床了。拂晓时分做的一个梦还萦绕在脑中——梦里一群不祥的喜鹊聚集在他的胸口,它们拍打着翅膀捂住他的嘴。说起来,他夜晚栖身的简陋床榻在每天晚上都会引他进入海之梦境吧,那里散发着被冲到岸边的海草的清新。圣塞巴斯蒂安站到窗前穿上因碰撞而叮当乱响的盔甲,其间在远处神殿附近的森林上空,他看见了玛扎罗斯星团②的陨落。望着那个异端的华丽神殿,他的眉宇间浮现出一抹与他最为相称的、近乎苦痛的轻蔑神色。他念着唯一神的圣名,低声吟诵了几句肃穆的圣词。随即神殿方位处划分星空的一列圆柱附近传来了震撼的回声,荡涤着四面八方,方才低沉的声音仿佛被放大了数百倍,星空也为之摇撼,简直像是某种异样的堆砌物轰然倒塌了一般。圣塞巴斯蒂安脸上浮现出了一抹微笑。他垂下眼睛,看到进行晨祷的少女们正悄悄地朝他的住处登上来,手里都举

---

① 死苦,佛语中"四苦"之一,"四苦"即生、老、病、死。

② Mazzaroth,古代的星宿名。

着尚在沉睡的百合花……

初中二年级那年，严冬渐近。我和同学们都习惯了穿长裤，也习惯了彼此间称呼时不加敬称（小学时老师要求我们称呼同学要在名字后加敬称"君"。此外，即便是盛夏，也不能穿露膝的长筒袜。穿长裤首先让我感到开心的是，我的腿再也不用被那个弹性强劲的袜子紧紧绷住了），还习惯了捉弄老师的流行风气，习惯了和同学们在咖啡店欢聚、在学校树林里疯跑的丛林游戏和宿舍生活等。不过其中只有宿舍生活对我来说尚是未知。这是因为虽然初中一、二年级时学校强制住校，但谨小慎微的父母以我身体病弱为由，请求校方允许我不住校。其实最大的理由在于，他们担心我会学坏。

当时只有少数学生是走读的。初中二年级最后一学期时，我们的小团体又多了一个人。这个人叫近江，因为言行粗暴而被驱逐出了宿舍。在此之前我并没有特别关注他，但自从这次驱逐给他烙上醒目的"叛逆"印记后，我一下子就难以将目光从他身上移开了。

某天一个为人亲切的朋友一边"嘿嘿"笑着一边凑到我身边，他胖乎乎的，笑起来还有酒窝。他这种举止往往代表着他得到了一些八卦消息。果然他说:"我听说了些有意思的事儿哟。"

我离开了暖气边。

和朋友一起来到走廊上靠在窗前,俯瞰时可以看到靶场上正狂风四作。这里是我俩进行密谈的老地方了。

"近江他呀……"他好像很难以启齿,话没说完就红了脸。面前这个少年在小学五年级的时候,每当大家谈论起和性有关的事,他立马就会否定,言之凿凿:"那种事绝对是假的!我全都懂。"此外,在听说另外一个朋友的父亲得了中风后,他提醒我说那是个传染病,所以还是不要和那个朋友走太近比较好。

"近江咋了?"在家时我说话依旧有礼有节,但一来学校我就言辞粗俗起来。

"这事儿可是真的啊,听说近江那家伙居然是个'过来人'呢!"

这也不奇怪,毕竟近江已经落榜过两三次了。他骨架颀长,五官洋溢着某种远胜我们的、特权般的青春感。他生性倨傲,毫无理由地蔑视一切。在他看来,世间万物皆不值一哂。好学生就只是好学生,教师就只是教师,巡查主任就只是巡查主任,大学生也只是大学生,上班族也就只是上班族,所以即便被他轻视、受他嘲笑,也都无计可施。

"啊?"

不知为何,我脑海中立刻浮现出军训时近江手法娴熟地修理枪支的姿态。只有在教官和体操老师这儿他才很受欢迎,为此还被提拔当上了威风的小队长。

"所以说啊……难怪呢……"朋友猥琐地窃笑着,只有初中男生才会懂那种笑声,"听说那小子的玩意儿可大了,下次玩抓小鸡儿时你摸摸就知道啦。"

——"抓小鸡儿"是历来在该学校的初一初二学生中必然会流行开来的一种传统游戏,就像真正的游戏的本质那样,它与其说是游戏,倒不如说是一种病。就在大白天众目睽睽之下,趁某个人毫无防备站在那里的时候,另外一个人远远地从旁边蹑手蹑脚地靠近,然后瞅准时机一把抓住那人的下体。若是顺利得逞,胜利者就马上逃得远远的,随之开始大声嚷叫:

"真大啊,A那小子的家伙儿可真不小啊!"

且不论是什么心理驱使他们开始这种游戏的,看上去他们就是想看到受捉弄的人把夹在腋下的教材之类的物件一股脑儿地扔出去后双手紧捂下体的窘态罢了。不过准确来说,他们通过笑声释放出了自己的羞耻心,被捉弄的人却因同样的羞耻心而满脸通红,前者站在笑声的制高点上嘲弄后者,从而获得一种满足感。

受到捉弄的人不约而同地叫嚷起来:

"哎呀!B这小子可真够下流的!"

如此一来,周围的"合唱团"便转而附和他:

"哎呀,B这小子可真够下流的!"

——近江堪称这个游戏的行家。他的袭击非常迅速,而且大多都能得手,巧合多到让人觉得大家都在默默盼着他来袭击自己。趁此理由,他们频频报复近江,可谁都没得手过。尽管近江走路时总是单手插在口袋里,但埋伏的人扑过来的同时他就把手从口袋里抽出来,眨眼间就和另一只空着的手组成了双重的保护罩。

这个朋友的话让我心里滋生出了某种如疯长的杂草般的念头。在此之前我和其他朋友一样,玩抓小鸡儿游戏时内心毫无邪念。但听了朋友的话后,一直以来我无意识中严加区分的"恶习"——独属于我的小秘密——和这个游戏——我的公共生活——无可避免地联系到了一起。那句"你摸摸"让我刹那间情不自禁解读出了某些特殊的含义,而那些含义是我那群纯真的朋友所无法明白的。

从那以后,我再也没有玩过抓小鸡儿。我不仅害怕去袭击近江,也更害怕近江会反过来袭击我。每当我捕捉到游戏即将拉开帷幕的迹象（事实上，这个游戏恰似因普通契机而爆发的起义和叛乱事件，往往会突然启动），我就会避开人群，远远地紧盯着近江一个人。

……实际上，从很早以前我们还没意识到的时候，近江对我们的影响就已经开始了。

比如关于袜子。当时我所在的学校早就开始实施军事化管理，著名的江木将军之遗训"质实刚健"再次被搬上台面，我们被禁止穿戴花哨的围巾和袜子。不但不允许戴围巾，衬衫也必须穿白色的，袜子必须是黑色或纯色的。但只有近江，总是戴着白绢围巾，穿着时髦图案的袜子。

作为最先犯禁的刺头儿，近江将自己的破格行为美其名曰"叛逆"，这可真是个巧妙的花招。因为他根据自身的经验清楚地明白，"叛逆"美学对少年们有着致命的吸引力。就当着和他颇有交情的教官的面——这个乡下出身的下士简直像是近江的手下一般——近江故意慢悠悠地将白绢围巾绕在脖子上，穿上缀有金色纽扣的外套时还效仿拿破仑把衣领往左右敞开。

另一方面，愚钝的众人所追捧的"叛逆"终究不过是不成气候的模仿罢了。我们既想尝尝叛逆的滋味，又希望尽可能地避免受处分，因此只敢学着近江穿上花里胡哨的袜子。我也是其中之一。

早上来学校后,上课之前教室里一片喧闹,我们不坐在椅子上反而坐在桌子上闲聊。如果那天有人换上了带有时尚纹样的新袜子,就会耍帅般捏起裤子边坐到桌子上。接着眼尖的人就会对之发出感叹:

"哇,这袜子可真让人来气!"

——在我们看来,没有比"让人来气"更高级的赞美了。这句话一说出来,无论是说的人还是被说的人,都会想起近江那倨傲的眼神,而后者往往不到整队的时候是不会现身的。

有天早上雪后初晴,我早早地就去了学校,因为前一天晚上朋友打电话来说明天早上一起打雪仗。我这个人要是第二天心里有什么期待的话晚上就会失眠,所以第二天也比往常醒得早得多,我就干脆不管时间,出发去了学校。

外面的雪才将将没过鞋面。太阳还没出来,在雪的映衬下街上的景象看上去阴恻恻的,毫无美感,就像是一条沾了少许污渍的绷带遮盖着街道的丑陋之处一般。毕竟街道的美感就是那些丑陋之处体现出来的。

我所乘坐的省际电车逐渐靠近学校了。车里还很空旷，透过窗户我看到太阳从工厂街对面的天际升起来了，四周景象顿时染上了温暖的色调。在朝日的映照下，雪地仿佛戴上了一张有着尖刻笑容的面具，阴影处耸立着鳞次栉比的单调的石棉瓦房顶，直挺挺排列着的烟囱群透着不祥的气息。雪景的假面戏剧中往往会上演一出出革命、暴动之类的悲剧事件。在雪地的反射下，行人的脸色显得异常苍白，让人联想起挑夫。

我在学校前的车站下车的时候，站台旁运输公司事务所的房顶上传来了一阵声响。那是刚日出不久就开始消融的积雪在不断掉落，恰似陨落的流光一般。伴随着声声低呼，光芒义无反顾地坠亡在混凝土的地面上，那里在鞋底泥水的剐蹭踩踏下变成了一片泥洼。倏地一粒雪光误落入了我的颈间。

…………

进了校门，里面的雪地上一点脚印都没有。存物间还没开门。

我走进位于一楼的二年级教室，打开窗户眺望森林处的雪景。学校后门到这栋教学楼有条上坡路，中间还得翻越小树林。我看到那条路的雪上印着一串大脚印，脚印一直延伸到教室窗户下，又折返到左斜方，最后消失在那边的科学教学楼后。

原来已经有人来过教室了。想必是他从后门爬上坡后,透过窗户看到教室没人,就又独自去了科学教学楼的后面。极少数学生会从后门进出学校,其中包括相传住在女人家里的近江。不过他总是在整队时才来教室。可如果不是他的话我就不知道还能有谁了,那串大脚印,一看就是他的。

我向窗外探出身子,定睛细看脚印上残留的新鲜黑土。那双脚印看起来扎实又强劲有力,我被某种无法言说的力量蛊惑了,让我不禁想就这样倒立着撑在地上,把脸埋进那双脚印里。可是和以往一样,我迟钝的运动神经不允许我如此冒险,所以我先把书包放到桌子上,然后一点点爬上了窗台。校服胸前的扣子受到石质窗框的挤压,摩擦着我脆弱的肋骨,那里传来一阵掺杂着悲哀与甜蜜的疼痛。翻过窗台跳到外面雪地上的时候,我的胸口因那股细微的疼痛而轻快地紧绷起来,一股几乎使我战栗不止的危险感在体内横冲直撞。我轻轻地把自己穿着的防护鞋套印在了那双脚印上。

鞋印看着很大,实际上竟然和我的鞋差不多。但我忘了这双鞋印的主人可能也穿着当时风靡一时的大鞋套。这样一比对,我又觉得那双脚印不是近江的——虽然沿着脚印去确认的话可能会导致我当下的期待落空，但这份不安同时却莫名地诱惑着我。此时此刻近江不再是我全部的期待，除此之外，那个先我而来在雪上留下脚印后又消失的人自顾自地给我留下了谜题，我也期待着对之予以报复。

我气喘吁吁地沿着足迹一路追寻。

一路上有些地方是黑亮润泽的泥土，有些地方是干枯的草地，有些地方是脏污的坚硬雪块，有些地方又是石板，就像是跳过一格格踏脚石那般，我踏着那个人的脚印大步走着。突然我发现，自己的步法和近江那阔步前行的姿态如出一辙。

穿过科学教学楼后面的背阴处，我来到了宽广的体育场前的高台上。三百米长的椭圆形跑道和四周起起伏伏的野地都覆盖着一层耀眼的雪，分不清哪里是边界。野地一角长着两棵高大的榉树，朝阳映照下，它们在雪地上投下了长长的影子，仿佛是特意破坏某种威严感似的，为这里的雪景增添了几分明朗的瑕疵。两棵树耸立在冬日的晴空下，在雪地的折射和斜上方的朝阳照射下，显出一种多变的精巧感，干枯的树梢和树皮的开裂处不时掉落沙金一般的碎雪。而排列在体育场对面的男生宿舍楼和周围的杂树林还一动不动地沉睡着，因此轻微的落雪声反而伴随着巨大的回声。

面前的景象太过耀眼,以至于一瞬间我眼前一片空白。雪景可谓是一堆新鲜的废墟。因为那无边无际的光芒和闪耀只在古代的废墟上才会见到,如今却出现在这片临时的废场上。这时我发现,位于角落处的足有五米宽的跑道上,写着巨大的文字。离我最近的那个大圆圈是英文字母"O",上方是个"M",再往上是个未写完的"I"。

是近江。指引我来到这里的足迹如今从字母"O"通往"M",又进一步指向那个写了一半的"I"上,近江就站在那里。他依旧戴着白绢围巾,双手插在口袋里,一边微微俯着身一边用脚上的大鞋套在雪地上拖划着。他的影子大刺刺地延伸着,和榉树的影子并排映在雪地上。

我脸颊发烫,隔着手套团了个雪球。

然后朝他扔了过去,但没能扔那么远。近江写完了"I"字,无意中朝我这边看了过来。

"喂——"

尽管担心他多半只会感到不愉快,但我还是在一种莫名的狂热的驱使下朝他喊了一声,同时从高台的陡坡上冲了下来。没想到近江回应了我,声音充满了力量,带着他独有的亲和感:

"喂——可不能踩着字啦。"

今早的他确实不同于以往。近江即便回家也肯定不做作业，教材之类的都丢在学校的存包柜里，上学时也总是空手插在外套口袋里，帅气地脱下外套后踩着点站到队伍末尾。可唯独今天他早早到校后独自一人消磨时间，不光如此，往日里他都把我当小孩子看都不看一眼，今天却对我展露笑颜，实在不可思议。他脸上带着他独有的亲和和野蛮，洁白整齐的牙齿洋溢着活力，这一幕我不知期待了多久。

但是随着逐渐接近他直到看清他的笑脸后，方才喊出"喂"时的激情被抛之脑后，我心里充满了羞耻带来的胆怯感。造成隔阂的是某种理解。我意识到他的笑脸是为了向我展露出自己"被理解了"这一弱点。这刺伤了我，或者更准确地说，这毁掉了一直以来我对他的幻想。

看到他把自己的名字"OMI"①大大地写到雪地上的那一瞬间，也许我就在无意识中彻底理解了他的孤独。甚至他这么早来到学校的最根本的动机我也一并明白了，即便连他自己恐怕都没有深切认识到——如果我的偶像如

---

① "近江"这一姓氏用日本罗马字来表示读音时即为"OMI"。

今对我敞开心扉,解释说"我是为了打雪仗才来这么早的",那么比起他丢掉的矜持,我内心应当会丧失某种更重要的东西。我开始焦躁不安,在失去它之前,我必须主动出击。

"今天没法打雪仗了吧,"我终于开口说,"本来以为雪会下得更大呢。"

"嗯。"

他面露失望,随即俊朗的脸部轮廓又变得冷硬起来,他重新换上了那种让我心生凄惨的轻蔑态度。他端着架子想把我当成小孩子来看待,眼神中也因此流露出嫌恶的光芒。关于雪上的字我一点儿都没有向他问起,对此他内心想必很感激我,但一边却不得不克制着自己,那副备受煎熬的样子真让我着迷。

"哼,你戴的手套可真孩子气!"

"大人也戴毛线手套呢!"

"你这个小可怜,怕是不知道皮手套戴起来是什么感觉吧?——看!"

他冷不丁地把被雪弄湿的皮手套贴到了我发烫的脸颊上。我马上躲开了。但那一瞬间的真实触感却越发滚烫,像是烙印般残留在我的脸颊上。我只觉得自己用一种极其澄亮的眼神望着他。

——从这一刻起,我喜欢上了近江。

如果能将之笼统概括为"喜欢"的话,这是我自出生以来第一次喜欢别人。而且这还是赤裸裸的、以肉体欲望为羁绊的喜欢。

我开始期盼着夏天到来,至少到初夏也行,因为这个季节会让我拥有一览对方裸体的机会。甚至我内心深处还怀着更加羞耻的欲望,那就是我想看看他的那个"大家伙"。

在我记忆的电话线中,有两双手套串线了。一个是上面说的近江的皮手套,另一个是下面将要讲述的庆典时的白手套。这两者中有一个是正确的记忆,另一个则是我记错了。也许皮手套更符合近江那野性的脸庞,但另一方面,或许正因为那份野性,白手套才更配他。

野性的脸庞——话虽这么说,其实近江的脸看起来就是普通的青年,我产生这种印象只是因为周围少年们的衬托使然。他骨架很漂亮,个子却比我们最高的同学还要矮上不少。不过我们学校那做工粗糙的校服是海军军官款式的,少年们那还没长开的身体很难穿得好看,唯独近江能把制服撑得很饱满,看起来充满了力量感。看着藏蓝色的哔叽制服包裹下的肩膀和胸膛处的肌肉，我相信不止我一个人充满了嫉妒和爱慕。

近江脸上总是挂着一抹隐约的优越感。那种情绪多半会随着受伤程度的加深越烧越旺。落榜、被驱逐……这些悲剧俨然代表着他受挫的某种意欲。至于是何种意欲，我只能笼统地推测，那一定是他的"恶"之灵魂驱使下的意欲。而且连他自身都未必充分意识到了这一巨大的阴谋。

他脸形偏圆，肤色微黑，凸起的颧骨透着傲慢，鼻子骨肉丰满，形状优美，也不过分高挺，嘴唇像是被丝线恰到好处地收紧了一般，下颌线很冷硬，透过他的脸就能感受到他全身充盈的血液在奔涌不息，这副皮囊的包裹下是一个野性的灵魂。谁都不能期待了解他的"内心"。我们能从他那里得到的，只是在遥远的过去就被我们忘却的、不为人知的完整的模型罢了。

记得有一次，他一时心血来潮，凑过来看我正在看什么书。那是一本和我的年龄不相称的、卖弄学问的书。我一面若无其事地微笑着，一面把书藏了起来。倒不是因为害羞，而是因为他的举动可能代表着他对书这种东西感兴趣，接下来他的笨拙就会一览无遗，最后导致他开始厌恶自身那尚不自知的完美性，我无法忍受事情将按照我的推测这样展开。

毕竟，若是这名渔夫忘却了自己的故乡伊奥尼亚①，我将万分痛苦。

无论是课堂上还是体育场上，我的目光都时刻追随着他的身影，不知不觉中我脑海里创造出了一个虚幻的、完美无缺的近江。我之所以想不起近江的任何缺点，原因就在这里。在小说式的描写中，要想让笔下的人物形象生动丰满，就必须为之增添某种特征或某些可爱的怪癖，但我记忆中的近江身上却丝毫没有这样的不足之处。相反我却从近江身上发掘出了数不清的东西——无限的多样性和微妙的韵味。换句话说，是我将以下东西从他身上抽取了出来——那也许是对完美生命的定义，包括他的眉毛、额头、脖颈、喉咙，他身体的红晕，他的肤色，他的力量，他的胸膛、手以及其他种种。

在此基础上，我进行了筛选，从而构建出了一个契合自身嗜好的体系。因为近江，我从不喜欢充满知性的人，那些戴眼镜的男性对我毫无吸引力。因为他，我开始爱慕

---

① 伊奥尼亚（Ionia），小亚细亚西部及近海各岛屿。一些重要的古希腊艺术风格是在伊奥尼亚形成的。前6世纪和5世纪在伊奥尼亚出现了泰勒斯、阿那克西曼德和赫拉克利特等重要的哲学家。

丝毫未被理性侵蚀的、充满肉感的野蛮阴郁，诸如力量、血气方刚的形象，无知、粗暴的手法和低俗的语言。

——可是对我来说，这个不合礼法的嗜好从一开始在逻辑上就是行不通的。大概没有比肉体欲望更有逻辑的东西了吧。一旦我动用理智来进行理解，我的欲望就瞬间萎缩了。因为就算对方表现出了一丝丝理性，我就被迫必须也做出理性的价值判断。在爱的相互作用中，对对方的要求同时也理应适用于自身，所以若我希望对方是无知的，那么即便是短暂性的，我也需要彻底"背叛理性"。可这一点是无法实现的。因此，对于那些不受理性束缚的肉体——流氓、船夫、士兵、渔民等，我时刻提醒自己不要和他们交谈，另一方面却又远远地在一边看似冷淡地向他们投去热切的目光，除此之外我别无他法。也许只有热带地区那语言不通的蛮荒之地，才是最适合我居住的天国。说起来从很小的时候开始，我对蛮荒之地那如蒸笼般的酷热夏季就充满了向往……

下面我就来说说那双白手套吧。

我们学校有个惯例，在举行庆典那天都要戴着白手套来学校。手套上的贝壳制纽扣在手腕处闪着暗淡的光，指尖处缝着引人冥想的三条横线。只要戴上它，我脑海中就浮现出庆典那天万里无云的天空、昏暗的礼堂和典礼结束后分发的盐濑①店的点心盒，还有仪式中途扰乱性的骚动。

某个冬天的祭日，没记错的话应该是纪元节②，那天早上近江也很罕见地早早来了学校。

在等待集合的时候，初二学生把初一学生从教学楼旁边的浪木上驱赶了下来，他们很享受这种逞威风的感觉。他们一面对浪木这种孩子气的游戏嗤之以鼻，一面内心却对之难以割舍，而强行赶走初一学生刚好给了他们一个光彩的借口，可以借此半是玩笑半是显摆地玩耍起来。初一学生只好远远地围成一圈，观看着学长们比赛谁能把对方从适度摆动的浪木上晃下来。学长们多少带有几分耍帅心思，现场闹哄哄的，毫无秩序可言。

而近江就稳稳踏在浪木中间，摆出一副穷途末路的刺客般的架势，盯着不断更换的对手。初二学生中没人能与之匹敌。已经有好几个人跳上浪木后却被他敏捷地用手推倒，对方跳下来时还踏碎了在朝阳中闪着光的冰碴。每当这时，近江都会像拳击手那样将两只戴着白手套的手在额

---

① 日本奈良传统馒头包子店。
② 日本传统四大节日之一，每年2月11日在宫廷中举办仪式，传说这一天是神武天皇于大和橿原宫即位之日。战后改称建国纪念日。

头前握成拳，然后帅气地挥动两下。初一学生们也忘了刚被他驱赶过，大声喝起彩来。

我的目光紧跟着他的那双白手套。那双手精悍地挥舞着，精准得出奇，宛如狼，抑或是其他小兽的手一样。那双手时而像箭羽般破开冬日清晨的空气，击中对手的侧腹，有时被打落的人还会被冰碴硌到腰。而近江在击倒对手的瞬间也会重心不稳，而且浪木上闪烁着的薄霜也让他脚下总是打滑，所以他时不时地会踉跄几下，不过他腰肢柔韧，马上就能恢复成一开始的刺客般的架势。

浪木稳稳地、有规律地左右晃动着。

……看着看着，突然我感到一阵不安，这股不安说不清道不明，让我无所适从。像是不停晃动的浪木带来的眩晕感，却又不是。也许那是所谓的精神上的眩晕，我预感到自己内心的均衡即将被他那危险的一举一动打破。这股眩晕中有两种力量在相互拮抗。一个是自卫的力量，另一个力量则渴望着我内心的均衡遭到更深层、更彻底的瓦解。而人们往往不知不觉中屈从于后者，那堪称一种奇妙又隐秘的、无异于自杀的冲动。

"怎么？全是一群废物啊，没人敢上来了吗？"

近江在浪木上往两边小幅晃动着身体，一边将戴着白手套的手叉在腰间。

他帽子上的镀金徽章在朝阳下闪着光。我从未见过他这般美丽的样子。

"我来!"

周身一阵强似一阵的悸动袭来,我精准预感到自己一定会开口。我在屈服于欲望的时候总会如此。我知道自己将向他走去并站到他面前。与其说这是不可避免的举动,倒不如说这是我计划好的行为。正因如此,在多年后,我误认为自己是个"意志主导型的人"。

"算啦算啦,你肯定会输的!"

我在一大片嘲笑声中从一头爬上了浪木。其间不小心脚下打滑,于是大家又闹哄哄地喝起了倒彩。

近江在我眼前扮着鬼脸,他一会儿挤眉弄眼,一会儿又模仿我脚下打滑的窘态。此外他还颤动着戴着手套的手指逗弄我。在我看来,那手指就像是锋利的刀尖一般随时要向我刺来。

有好几次我的白手套和他的白手套击了个对掌。每次我都被他掌下的力道推得站不稳。不知他是否想尽情地耍弄我一番,不想让我早早输掉,他下手很有分寸。

"哎呀好险啊,你挺厉害的嘛,我马上就要输掉了呢,马上要掉下去了哟——你看你看!"

他又开始吐着舌头,做出一副将要掉下去的样子。

看着他的鬼脸，看到他毫不自知地破坏自身的美，我感到一阵难以忍受的痛苦。在近江的步步紧逼下，我不禁垂下了眼帘。他趁机右臂一下横扫过来，为了不掉落下去，我本能地伸出右手握住了他的右手指尖。掌心里的触感十分清晰，白手套恰到好处地包裹着他的手指。

刹那间，我们四目相对。真可谓是电光石火之间。他脸上滑稽的表情消失不见了，取而代之的是一种纯真的神情，这种表情出现在他脸上简直不可思议。我心弦振鸣不已，一种既非敌意又非憎恶的、极其纯洁的情感冲上心头。也许那只是我想多了。可能他那只是突然被抓住指尖而失去平衡时的茫然无措的表情。然而，在我们两个手指相碰的那一瞬间一股电击般的战栗传遍全身，我的直觉告诉我，在我抬眼望向他的时候，近江瞬间从我的眼神中明白了——我爱他，而且也只爱他。

我们两个几乎同时从浪木上滚落了下来。

随后我被人扶了起来，是近江。他粗鲁地往上拽起我的胳膊，一言不发地为我拍掉了衣服上的泥土。他的胳膊肘和手套上也沾上了一些混杂着碎霜的泥土，看起来闪着微光。

我微仰着头，向他投去了指责的目光。近江拉着我的胳膊走出了人群。

这个学校里从小学开始我的同年级同学就没有更换过,所以大家自然十分亲近,互相搂着肩膀拉着胳膊也不足为怪。在集合的哨子响起时,大家便总是这般拉扯着赶往操场。在别人眼里,近江和我一起滚下来就代表着这场差不多已经看腻的游戏要收尾了,就算我们两个拉着胳膊走也并不是什么引人注意的场面。

然而依偎着他的臂膀走路时,我却感到无与伦比的开心。可能由于生来就身体羸弱,所有喜悦中我都能嗅出不祥的气息,可唯独此时此刻,我的胳膊贴着近江强劲有力的臂膀,从那里传来的压迫感游走在我身体的每个角落,我默默想着:要是能这样一直走到世界尽头该多好。

可是一来到操场,近江就冷淡地松开我的胳膊,站到了队列中自己的位置上。他和我之间只隔了四个人,但他再也没有回头看我。在仪式中途,我把自己白手套上的泥污和近江白手套上的污渍不知来来回回比对了多少次。

——我并没有批判内心这种对近江不明缘由的倾慕,更没有批判自己的道德。因为一旦我开始有意识地关注他,我就不再受自己掌控了。如果世上存在不具有持续性和发展性的恋爱的话,那么恰好就是指我的情况。我看近江的眼神总是"最初的惊鸿一瞥",或者说"劫初①的那一眼"。而无意识的"操作"也参与了进来,守护着我十五岁的纯洁免受外界的玷污。

这就是爱吗?这种感情乍一看披着纯粹的外衣,此后也多次在我心头涌现,可其中却暗含一种独特的堕落与颓废。这么说是因为,和世俗之爱的堕落感相比,它要邪恶得多,此外即便在世间所有颓废中,颓废的纯洁堪称性质最为恶劣的那一种。

暗恋近江是我人生中第一次坠入爱河,我就像是一只小鸟,小心翼翼地把对他肉体那本能又纯粹的欲望藏在羽翼之下。但让我茫然的不在于欲望的满足,而是他之于我的纯粹的"诱惑"而已。

至少可以说,在学校里,尤其是上无聊的课时,我的目光一刻也不曾离开过近江。除此之外我不知道还能做什么,因为我并不知道爱这个东西不仅意味着渴求,同时也意味着被渴求。对我而言,爱就像是小谜题的问答活动中单方面地承受着对方向我抛来一个又一个谜题。我连想都没想过,自己的这份倾慕之心能得到某种形式的回应。

---

① 佛教语,指世界初创之时。

也正因为这个原因，我明明没有什么大不了的疾病却请了假，第二天去学校时我才意识到昨天刚好是升入初中三年级后的第一次春季体检。昨天还有两三个人没有参加体检，大家准备一起去医务室，我也跟着去了。

阳光照进了房间里，煤气炉上跳动着微弱的蓝色火苗，消毒水的气味充斥鼻尖。昨天的这个房间里，少年们光着身体你推我挤地乱作一团，空气中弥漫着一股体检时才有的、恰似清甜的乳汁蒸发后的浅桃色的气味，而今天这里什么都没有。我们两三个人打着寒战，一声不吭地脱下了衬衫。

和我一样总是感冒不断的那个瘦弱少年站上了体重秤。他白皙的后背长满了汗毛，瘦骨嶙峋的。看着看着我突然想起，自己一直强烈渴望着一览近江的裸体，可自己竟然愚蠢地没把握住体检这样的好机会。同时我也意识到，错失了这次机会，就只能等待下一个渺茫的时机了。

我脸色灰白，裸露的身体上因为一种近乎寒意的悔恨冒出了一层泛白的鸡皮疙瘩。我看着自己那细瘦大臂处接种牛痘后的难看痕迹，眼里一片空洞。一会儿叫到了我的名字。在我眼里，面前的体重秤就是一座绞刑架，宣告着我受刑时刻的到来。

"三十九点五！"

护士兵出身的助手朝校医报告道。

"三十九点五。"校医一边在病历本上写着,一边嘴里念叨着,"好歹得四十公斤吧。"

每体检一次,我便被迫承受一次这样的屈辱。但今天校医的话落在耳中却多了几分亲近感,因为近江没有在一旁目睹我的屈辱,我感到很安心。甚至不仅如此,一瞬间我简直欣喜若狂……

"好了,下一个！"

助手粗鲁地推搡着我的肩膀,我也没有像以往那样用嫌恶的、愤怒的眼神回敬他。

我并非没有预测到自己的初恋会以何种形式告终,虽然那只是模模糊糊的感觉。也许对此感到的不安才是让我快乐的主要来源。

初夏的某一天。那天就像是一个夏天的样品,即所谓夏天的排练舞台。为了万无一失地迎接真正的夏天的到来,夏季的先头部队就选定了这一天来检阅人们的衣橱。合格的标志就是,人们唯独会在这一天穿着夏天的衬衫出行。

这般炎热的天气里,我却得了感冒,支气管也发炎了。做操时要想"见学"（即无须参加做操，只在一边观看）就得让医生开一张诊断证明，我就和另一个肚子不舒服的朋友一起去了医务室。

回来时我俩慢吞吞地朝操场处的大楼走去。一方面迟到的我们可以理直气壮地辩解说"刚去了医务室"，另一方面也希望尽可能地缩短观看做操的无聊时间。

"真热啊！"

——说了这句话后我把校服上衣脱了下来。

"你这样不行吧，感冒了还这样。会被抓去做操的哟。"

听了朋友的话我又赶忙穿上了上衣。

"我是肚子不舒服，所以没关系啦。"

朋友像是炫耀般，在我做动作的同时反而脱掉了自己的上衣。

到了之后，我看到墙上的钉子上挂着夹克外套，甚至还有打底衬衫。我们小组大概有三十人，都聚集在操场对面的单杠附近。操场笼罩在灰蒙蒙的雨雾中，在它的映衬下，单杠附近的沙场和草坪像是着火般异常醒目。我心头涌上一阵源自自身病弱的、熟悉的自卑感。我一边像是和自己赌气般咳嗽着一边朝单杠走过去。

寒碜的带操老师看也不看地从我手里接过诊断证明,就开始上课了。

"好了,我们来做引体向上!近江,你来做个示范吧。"

——我听到朋友们在悄悄地喊近江的名字。做操的时候他总是神龙见首不见尾,也不知道他在做什么。这会儿看到他懒洋洋地从一棵绿树的阴凉处出来了,随风摇摆的树叶上闪着点点碎光。

看到这一幕,我不禁心跳如雷。他把打底衬衫也脱掉了,只穿着一件无领无袖的白色运动衫。在小麦色肌肤的衬托下,那片白色洁净得分外耀眼,就像是远远地就直冲鼻腔的白一样。他那堪称雕像的躯体上,可以看到轮廓分明的胸肌和两只乳头。

"引体向上是吗?"

他粗声粗气地、同时却带着自信地向老师确认了下。

"嗯,是的。"

然后近江就像拥有健美身躯的人往往表现出的那样,带着一种倨傲与懒散的神态缓缓朝沙坑上伸出了手,用下层湿润的沙子涂满了手掌心。接着他站起身,一边草草地摩擦着两只手掌,一面抬眼望向头顶的单杠。他眼中闪烁的光让人联想到决意渎神的人,带着薄凉轻蔑的瞳孔里,五月的白云和蓝天的倒影一晃而过。他纵身跃起。瞬间就吊在了单杠上，两只臂膀看上去和刺青非常般配。

"嗬——！"

同级生们发出了一片感叹的低呼。谁都很清楚，让自己惊叹的并不是近江那强大的体能，而是他那股青春、生命和优越感。近江暴露在外的腋窝中那茂密的腋毛让他们震惊不已。恐怕他们是第一次见到，如此旺盛到简直让人觉得多余的、宛如恼人的夏草丛一般的体毛。它们肆意占据了近江那深深凹陷的腋窝，甚至还一路延伸到了胸膛两侧，正好比夏季的杂草长满庭院后，又贪婪地一路攻陷了石阶。这两处黑乎乎的草丛在阳光下闪着光泽，草丛下若隐若现的肌肤竟意外地很白皙，就像是白沙地一般。

近江的两只胳膊上鼓起了坚硬的肌肉，带动着肩上的肌肉也像夏天的云朵一样鼓胀起来，腋窝处的草丛随之缩进暗影中消失在眼前，升到高处后他的胸膛摩擦着横杠，微微颤抖着。就这样他反复做了好几个引体向上。

生命力——让少年们为之折服的只是那毫无用处却又强盛的生命力。一股让人不快的、疏离的充实感征服了他们，那是生命中某种超乎寻常的感觉，完全只能解释说这是源自生命本身的、粗暴又散漫的感觉。一股生命力趁近江不曾察觉的时候潜入了他的肉体中,占领他,突破他,又从他体内倾泻而出,企图彻彻底底地支配他。在这一点上,生命和疾病颇为相似。他的肉体被势不可当的生命所侵蚀,他降临此世的唯一使命就是不畏惧传染而狂热地献出身体。在畏惧传染的众人看来,这具肉体就是对他们的指责——少年们畏畏缩缩地后退了。

我也和他们一样,同时却又不一样。在看到他茂密的腋毛的瞬间,我立马就erectio①了(这件事足以使我感到羞耻)。虽然穿的是春秋季有点厚度的裤子,但为了不被人发觉,我还是小心翼翼地掩饰着。就算没有为此感到不安,此时我心中也不仅仅充斥着纯粹的欢喜。明明我一直想看的东西就在眼前,可它给予我的冲击却意外地连带出了另外的情感:

——嫉妒。

就像是完成了某种崇高使命一般,近江跳下来"扑通"一声落到了沙坑上。我闭上眼晃了晃头。我对自己说,我已经不喜欢近江了。

这股嫉妒之情是如此强烈,我甚至因此甘愿断绝对他

---

① 拉丁语:勃起。

的爱。

也许正因为这件事情,从那时起我内心就萌生出了一个想法,那就是必须对自己进行斯巴达式①的训练(执笔写下这本书就已经体现出了这一要求)。我小时候身体病弱且备受溺爱,导致我从不敢抬头正视别人的脸。但从那时起,"必须变强"这一准则深深扎根在了我脑海中。为此我想出了一个训练方法,那就是在上下学的电车上随便选定一个乘客,然后死死地瞪着他。大部分乘客发现自己被一个面色苍白身体瘦弱的少年瞪着,也并不感到害怕,只是一脸不耐地扭过头去。很少有人朝我瞪回来。每当他们扭过头去,我心里都暗暗想"我赢了"。就这样,我渐渐变得能正视别人的脸了……

——我坚信自己已经放弃了对近江的爱,所以这份感情暂时消失在了我脑中。乍一看似乎很糊涂。作为爱意涌动的再明显不过的证明——erectio,也被我抛之脑后了。实际上很长一段时间里,往往不知何时我就erectio了,倘若周围没人我就开始下意识地进行那个"恶习"。关于性,即便我已经具备了一些常识,但我仍没有为自己的异于常人之处而苦恼。

---

① 指非常严格的教育或训练。

之所以这么说，并非因为我坚信自己那超乎常规的欲望是正常且合乎礼法的，也并没有误以为我的朋友们都和我有着一样的欲望。说来不怕你吃惊，我就宛如一个不谙世事的少女般沉迷于阅读浪漫的爱情故事，那些男女间的恋情和结婚等情节寄托了我所有美好的幻想。我不曾一头扎进爱之谜题那乱糟糟的破烂堆里，去彻底探究这份感情的意义。就算如今我用"爱""恋爱"这样的字眼来表达，也并不意味着我感受到了它。我根本想都没想过，这种欲望会和自己的"人生"扯上什么重要的关系。

尽管如此，我的直觉还是让我感到孤独。那是一股不明缘由的异样的不安感——在前面已经提到过，我从小时候开始就极其害怕成为大人。感受到自己逐渐长大的同时，我也往往感到一阵刺痛的、异样的忐忑。在我小时候，因为个头长得太快，所以每隔一年都要把裤子放长，所以加工时一般会事先将裤脚折进去长长一截。此外像所有家庭都会做的那样，我也会用铅笔在家里的柱子上标下自己的身高。每次一家人都聚在客厅里，个头每长高一次大家就会调侃我，他们只是单纯地很开心，而我却只能强颜欢笑。想到自己终将长得和大人一般高，我就不由得预感到一阵莫名的可怕的危机感。对未来的这种朦胧的不安感,一方面增强了我进行不切实际的幻想的能力,另一方面也驱使我投身于那个得以逃避现实进入幻想的"恶习"中。这份不安使我顺从了自己的欲望。

"二十岁之前你一定会死的吧?"

朋友们看着我病恹恹的模样,便调侃我。

"你这话可真过分。"

我绷着脸苦笑着,从他的预言中感到了一种奇妙的、甜美又伤感的沉醉感。

"要不要打个赌?"

"那我不就只能选择我会活过二十岁了吗?"我回答说,"要是你赌我会死的话。"

"是呀,真可怜,你一定会输的!"

朋友们不停念叨着,话语间带着少年特有的残忍。

并非唯独我是这样,同年级的同学们也是,我们腋下还没有像近江那样长出旺盛的毛发,只有寥寥几根像新芽般冒出来。在此之前我都不曾特别留意过这个部位。但很显然,目睹了近江的腋窝后这个部位成了我的固定关注点。

渐渐地,泡澡时我总是长时间地站在镜子前。镜子无情地映照出我的裸体。我就像一只小丑鸭，坚信着自己长大后就能蜕变成白天鹅。但我的情况和那个激励人心的童话主题恰恰相反。我期待着有一天自己的肩膀和胸膛能变得和近江一样，所以牵强地从眼前的镜子中找出符合自己期待的迹象，但我纤弱的肩膀与干瘪的胸膛和近江简直毫无相似之处。其间，一种如履薄冰般的不安依旧充斥在我内心的各个角落。与其说是不安，毋宁说是一种近乎自虐性质的、宛如神谕般的确信——"我永远无法变成近江那样"。

元禄期①的浮世绘中，相爱的男女的容貌往往惊人地相似。希腊雕像也倾向于把容貌雕刻得像男又像女，并将之作为普遍审美。其中难道不正存在着一种爱的奥义吗？在爱的最深处，希望和对方毫无二致这一无法实现的迫切念头不正在奔流不息吗？这股热流驱使着人们企图把不可能扭转为可能，从而导致了一个悲剧性的悖论。也就是说，既然相爱的人无法达到完全相似，那倒不如致力于让双方彻底区别开来，这种叛逆反倒利于形成媚态。但可悲的是，两人间的相似终将如幻影般刹那间灰飞烟灭。原因在于，陷入爱河的少女会变得勇敢，而少年则会变得

---

① 1688—1704年，江户幕府第五代将军纲吉在位时的年号。当时文化兴隆，社会一派繁荣气象。

怯懦，明知如此两人还是追求相似的话，终究只会错过彼此，向着远方——那里已然空无一人——翩然离去。

对近江的嫉妒之情太过强烈，以至于我不惜让自己相信，自己是为此才放弃爱他的。但若对照上述奥义的话，我对他的感情仍旧是爱。我最终爱上了自己腋下"和近江相似的东西"，它们终将一点点地破体而出并茁壮成长，最后日益黑亮……

暑假来临了。对我来说它就像是没完没了的中场休息，让我对表演等得焦躁不安，又像是一场宴会，明明向往了很久，但实际却度过得并不愉快。

自从我得了轻度小儿肺结核后，医生就禁止我暴露于强烈的紫外线下。在海岸上直射下来的阳光中享受三十分钟以上的日光浴是断然不可的。每次我破禁后就会马上遭到报应，发起烧来。为此我也没能参加学校里的游泳练习，至今都不识水性。后来"大海的诱惑"在我内心疯狂滋长，甚至时不时地动摇我的心智，结合这一点来考虑的话，不会游泳这件事颇具暗示意味。

尽管这样，当时的我还没有经受过大海那无可抵抗的诱惑。尽管夏季和我全然不相称——也正因为此才诱发了我对它的向往——为了不至于太无聊，我和母亲还有弟弟妹妹一起去了A海岸度暑假。

……蓦然回神时，我独自一人被留在了一块大岩石上。

方才我和弟弟妹妹一起沿着海岸在岩石缝隙中寻找到处游动的小鱼，才来到了这块岩石附近。但收获并没有预想的那般丰盛，所以年幼的弟弟妹妹开始腻烦了。就在这时，女佣来接我们去母亲所在的海滩上的伞下乘凉，但我一脸不情愿，不想和他们一起去，所以女佣就留下我，只带走了弟弟妹妹。

夏日午后的阳光铺洒在海面上，不断翻涌起伏的海浪又将之冲击粉碎。海湾整体给人以巨大的眩晕感。海面上，夏天的云朵部分浸泡在海水里沉默地矗立着，那雄伟的姿态宛如一位悲壮的预言家。云朵的纹理就像雪花石膏般苍白。

目之所及，只有两三只游艇和小船以及几只渔船，从沙滩那边开出来后就在海面上来回转悠，除了几个乘员以外，不见任何人影。一切事物上空笼罩着一层精巧的沉默。微微吹拂的海风带着微妙又做作的神秘表情，入耳像是欢快的昆虫以一种近乎隐形的频率振动着翅膀一样。这一带海岸沿线都是延伸入海的平坦顺滑的岩石，除了我坐着的这块岩石，险峻的只有两三处而已。

一开始，波浪像一团绿色的小丘般从海岸那边贴着海面徐徐滑来，水面下暗潮涌动。矗立在海面上的低矮岩石群任凭海浪激荡起高高的飞沫，那场面宛如一双双苍白的求救之手，一面抗拒一面却又沉溺在深深的充实感中，渴望着逃离束缚飘然升空。然而波浪的小丘眨眼间却又弃之而去，以同样的速度朝这里的岸边滑行而来。其间，这个绿色防护袋中有不明之物逐渐苏醒、起身，海浪在它的带动下一跃而起，把即将从顶点重重跌落的巨大水波毫无保留地展现在我们眼前，那恰似斧头磨得锃亮的侧刃一般。顷刻间，这个深蓝色的断头台夹杂着白色的血沫摔落下来。海浪追随着四分五散的浪头翻腾着砸落到水面上，一瞬间，那里倒映出的蓝天宛如临终之人瞳孔的倒影般纯粹至极，那是不属于这个世界的蓝色——海面上终于重新露出了深受海水侵蚀的、平缓的礁石群，只有在波浪袭来时它们才会被吞没在泛着白沫的海水中，一旦潮水退下便又重新现出粲然之姿。我从岩石上看到，一只寄居蟹被此起彼伏的海浪冲击得直打晃儿，海面平息后又一动不动了。

一阵孤独感袭来，我又想起了近江。是关于以下方面的事情。我对近江生命中充溢的孤独感——其来源于生命对他的束缚——憧憬不已，让我不由得想效仿他的孤独。

如今在浩瀚无垠的大海前我所感受到的这份空虚的孤独感，就算只是表面上看起来和近江有些许类似，但我仍希望能像他一样尽情享受。近江和我，这两个角色理应由我一人扮演。为此我必须尽可能地找出和他的共通之处。这样的话，对于近江大概只是无意识中感受到的孤独感，我得以代替他去有意识地和孤独共存，宛如那是一种无上的欢愉，进而我就能够进入一种幻想的境界，把看到近江时内心的快感当作是他自身正经受着的快感。

被《圣塞巴斯蒂安》蛊惑后，我就有了一个怪癖：每当脱光衣服，我就情不自禁地举起自己的双手交叉在头顶。我的裸体如此瘦弱，毫无圣塞巴斯蒂安的饱满艳丽之感。此时此刻我也不由得这样做了。接着我瞥见了自己的腋窝。一股不明缘由的情欲霎时翻涌而起。

——随着夏天来临，我腋下的黑草丛也破土而出了。虽然完全不及近江，但这也算是我和他的共通之处。很明显，此刻的情欲和近江有关，但依然不能否认我是对自己的腋下产生了欲望。让我的鼻子翕动不已的海风、盛夏炽热的阳光火辣辣地照射在我赤裸的肩头和胸口，放眼望去看不见一个人影，一切所见所感纷至沓来，驱使我第一次在蓝天下进行"恶习"。而且我选择了自己的腋窝作为性幻想的对象。

……一股难以名状的悲哀让我浑身战栗。孤独感像太阳般灼烧着我,藏蓝色的毛线裤紧贴着我的下腹,让我很是难受。我慢腾腾地爬下岩石,将脚泡在岸边的海水里。在潮水的余波中,我的脚看起来就像死掉的发白贝壳。波纹荡漾下可以清楚地看到水下的石堆,缝隙里有贝壳镶嵌其中。我下到水中跪坐了下来。瞬间感受到此起彼伏的水波叫嚣着朝我逼来,眨眼间拍打在我的胸口,激荡起的飞沫包围了我,我动也不动地承受着。

——潮水退下时,我的肮脏得到了洗涤。成千上万的精子混杂在海波中数不清的微生物、海藻的种子、鱼卵等各种生命体中,一股脑儿地被裹挟到翻着水沫的海水中,漂流而去。

秋季学期开始的时候,近江已经不在了。我看到告示板上贴着他被开除学籍的告示。

同级生们就像是僭主过世后的人民那样,七嘴八舌地说起了近江做过的坏事。有的被他借走了十日元至今还没归还,有的说他笑嘻嘻地夺走了自己的进口钢笔,有的曾被他勒过脖子……似乎每个人都被近江欺负过,与此相对,唯独我一丁点儿都不知道他哪里不好,这让我嫉妒得简直要发疯。但关于近江为何会被开除一事没有定论，这让我的绝望稍稍得到些安慰。就连那个厉害的百事通——每个学校都有这样的人物——都无法打探出让大家都信服的原因。而老师也只是冷笑着宣称近江"干了坏事"。

唯独我，对近江的恶行有种神秘的坚信。他一定参与到了某种宏大的阴谋中，而这个阴谋连他自身都不曾充分意识到。他的"恶"之灵魂驱使着他的意欲，那才正是近江的生存意义，也是他的宿命。至少我是这么认为的。

……如此一来，在我内心的"恶"的意味发生了变质。"恶"所驱使的那个宏大阴谋、有着复杂组织的秘密结社，以及计划周密的地下战术，这一切一定都归结为某个不为人知的神。近江信奉着那个神灵，企图让人们都皈依，后来被人告发后被秘密杀害。在某个薄暮，他被扒光衣服后在众人押送下来到小丘上的杂树林。然后他的双手被高高地吊在树上，第一支箭射进他的侧腹，第二支则贯穿了他的腋窝。

我继续往下思索着。这样一想，近江做引体向上时吊在单杠上的姿态，用来促发我联想起圣塞巴斯蒂安是再合适不过的了。

****

初中四年级的时候，我患上了贫血，脸色日益苍白，手也发青。爬完很长的台阶后往往都得蹲下休息好大一会儿。后脑部如有一阵白雾状的龙卷风在翻腾不止，钻穿我的头骨，使我几欲晕倒。

家人带我去看了医生，医生诊断我为贫血。那是位为人诚恳、颇为风趣的医生。家人问他贫血是什么病，他回答说"那么我对照着注解书来为您解释吧"。刚检查完的我站在医生旁边，家人则在医生对面，所以他们看不到医生正在念的那一页书，而我却能看到。

"……接下来关于这个病因啊，就是病的原因啦。比如'十二指肠虫'①，这个得的人很多啊，小少爷恐怕就是这个呢，得查查大便。还有'萎黄病'②，这个倒是不多见，而且还是个妇科病……"

接着他跳过了一个病因把后面读完后就合上了书，嘴里还一边念叨着什么。然而我却看到了他没念出来的那个

---

① 又称十二指肠钩虫，寄身于人体小肠，以血液、淋巴液、脱落上皮细胞为食，使患者长期慢性失血而导致贫血。

② 贫血病的一种。患者多为女性，表现为皮肤苍白无色，头昏乏力。

病因——"自慰"。我心下羞耻,感到心跳得很剧烈。原来医生早就看穿了。

处方上写着注射砷剂。这种毒具有造血功能,所以大概一个多月我就痊愈了。

然而没人知道,血液的匮乏和我对血的渴求间正有着奇妙的关联。

先天性的贫血使憧憬流血这一冲动深深扎根于我的心底。然而这一冲动却导致更多的血液从我体内流失,接着又导致我愈发渴望血液。在幻想中沉沦的生活损耗着我的身体,同时却又锻炼、打磨了我的想象力。尽管当时我还不了解萨德①的作品,但《你往何处去》②中关于圆形剧场③的描写让我深受触动,由此我构思出了自己的杀人剧场。在演剧中,作为他人的消遣,年轻的罗马斗士就献

---

① 迪·萨德(Marquis de Sade),法国贵族,通称萨德侯爵。同时也是一系列色情和哲学书的作者,"加害性性欲萨德主义"的倡导者。代表作有《美德的不幸》及堪称性倒错集大成的《索多玛一百二十天》等。

② 波兰作家显克维奇(Henryk Sienkiewicz,1846—1916)的历史小说。取材于罗马暴君尼禄对基督徒的疯狂屠杀,以佩特罗与帕奥洛的殉教故事为背景,描写受迫害的波兰民族的命运。书名《你往何处去》,是佩特罗对走向十字架的耶稣的发问。

③ Colosseum,罗马帝政时代建造于罗马城内的露天圆形剧场。

出了生命。他的死亡一定得是血淋淋的、充满仪式感的。我对一切形式的死刑和刑具都很感兴趣。但拷打刑具和绞刑架除外，因为它们让我见不到血。此外我也不喜欢手枪和大炮这类使用火药的凶器。所以我尽量选择了弓箭、短刀、长矛等更加原始又野蛮的武器。为了延长死亡的痛苦，我瞄上了他的腹部。他的牺牲必须得是漫长的、悲壮的、凄惨的，必须得使之感受到无法形容的、存在之孤独，让他放声痛叫。这样一来，我心底才会燃烧起一股生命所带来的欢愉，并最终化为尖叫，与他的叫声构成一曲二重奏。这本身不正是远古人类狩猎时的欢乐吗？

在我的脑海中，希腊的士兵、阿拉伯半岛的白人奴隶、原始部落的王子、宾馆的电梯小弟、侍应生、地痞、士官以及马戏团的小伙子等，他们都被我幻想出的凶器杀死了。我就像是原始部落中的掠夺者一样，因为不懂得爱的方式而误杀了所爱之人。他们倒在地上时嘴唇还在颤动着，而我在上面印下最后一吻。不知受到什么启发，我发明出了一种刑具，在铁轨的这一端固定好一座刑架，另一端一块插了十几把短刀的人形厚钢板沿着铁轨滑行过来，逼近受刑者。有这样一座执行死刑的工厂，里面用来贯穿人体的转盘在无休止地运行着，榨出血液后佐以甜味剂，再被加工成瓶装果汁上市售卖。我这个初中生的脑海中有一座罗马角斗场，众多献祭者双手被缚在背后，排成长队押送进来。

渐渐地，我受到的刺激越发强烈，想出了一个堪称人类能够达到的恶之极点的场面。而这个幻想的献祭者则是我的同级生，那个擅长游泳、体形十分漂亮的少年。

场所是在地下室，那里举行着一场秘密宴会，纯白的桌布上，典雅的烛台闪着光辉，银制的刀叉摆放在盘子左右两边。桌上按照惯例还装饰着康乃馨。但奇怪的是，餐桌中央的留白大得出奇，看来一会儿那里一定会端上一个巨型盘子。

"还没好吗？"

有一名宾客向我问道。昏暗的光线下我看不清他的脸，但听声音是个颇具威严的老人。说起来，每个宾客的脸都隐匿在黑暗里，看不分明。烛光下只看到他们伸出一双惨白的手，操纵着闪着冷光的银制刀叉。屋里不时飘来一阵像是小声说话又像是自言自语的低语。间或还听到椅子受到挤压时发出咯吱咯吱的声音。此外就没有任何明显的声响了，整个宴会弥漫着阴恻恻的氛围。

"我想差不多可以了。"

我这样回答说。但无人回应，现场一片凝重。看样子大家对我的回答并不满意。

"那我去看一下吧。"

我站起来打开了厨房的门。厨房的角落里有一段通往地面的石阶。

"还没做好吗?"

我向厨师问道。

"哎呀,马上就好啦。"

厨师不耐烦地雕刻着像是菜叶一样的东西,头也不抬地回答说。宽大又厚重的料理台约有两张榻榻米大小,可上面什么都没有。

这时厨房的台阶处传来一阵笑声。只见另一个厨师,他一边扯着我那健壮的同年级同学的胳膊,一边沿阶而下。少年和往常一样穿着长裤,上身套着一件藏蓝色的短袖衫,敞露着胸口。

"啊,是B呀。"

我若无其事地唤了他一声。下完台阶后,他把两手插在口袋里,玩世不恭地冲我笑了笑。这时,厨师突然从后面一跃而起勒住了他的脖子。少年剧烈地反抗着。

"……这似乎是柔道的手法……确实是柔道啊……这一招叫什么来着?……啊……绞首……这招并不会真的弄死对方……只会让人晕过去而已……"

我一边想,一边观望着这场惨烈的战斗。在厨师壮硕有力的胳膊下,少年一下子耷拉下了脑袋。厨师像是没事发生一样把他抱起来放到了料理台上。然后另一个厨师走过来,用一种流程化的手法脱下了少年的衬衫,接着摘下他的手表,又褪下他的裤子,眨眼间少年就被扒得一丝不挂了。他仰面躺在那里,嘴巴微微张着。我上前在他唇上留下深深一吻。

"把他脸朝上好呢,还是翻过来好呢?"

厨师向我问道。

"脸朝上比较好。"

我回答说。因为这样能露出他那琥珀色的、宛如盾牌一样的胸膛。另一个厨师从橱柜里拿出了一个正好容纳一人的巨大西式托盘。盘子做工巧妙,两侧的盘子边上各有五个小洞,共计十个孔。

"一二!"

两个厨师抬起昏迷的少年,把他仰面放到了盘子里。他们一边愉快地吹着口哨,一边将细绳穿过盘子两边的小洞,牢牢地捆住了少年。手法干净利落,显然他们对这种事已经很熟练了。少年赤裸的身体周围还精致地装点了几片大沙拉叶。随后盘子上添上了特大号的铁制刀叉。

"一二!"

两个厨师抬起了盘子。我打开了厨房的大门。

迎来的依旧是一片沉默,但气氛缓和了许多。灯光照耀下餐桌中央一片刺眼的空白,盘子就被运到了那里。我回到自己的位子上,然后从大盘子边上拿起了特大号的刀叉。

"从哪里下手好呢?"

没人回答我,只感觉到有很多张脸伸到了盘子周围。

"从这里切下去应该不错。"

我对准少年的心脏将叉子刺了进去。血液喷涌而出,糊了我满满一脸。我右手拿着刀子,慢慢地将少年胸口处的肉削成薄片……

即使贫血已经痊愈,但我的恶习却开始变本加厉。教授几何的A老师是我的所有老师中最为年轻的,在他给我上课的时候,我一直盯着他的脸怎么也看不腻。据说他曾担任过游泳老师,脸庞被海边的阳光晒得黝黑,声音也像渔民一般粗犷浑厚。因为是冬天,所以我总是一只手插在裤子口袋里,然后用另一只手将黑板上的字抄写到笔记本上。抄着抄着,我的眼睛就不由自主地离开本子,开始追逐着A的身影。他一面用充满活力的嗓音反复解释着几何难题,一面在讲台边上上下下。

官能带来的苦恼早已侵入到了我的言行起居之中。在我的眼底,不知何时年轻教师已经幻化为了赫拉克勒斯①的裸体之姿。他一边用左手挥动着黑板擦,一边伸长了拿着粉笔的右手写下方程式,每当此时,他后背上泛起的衣服褶皱都让我联想起"拉着弓箭的赫拉克勒斯"那肌肉的纹理。最终,我开始在课堂上自慰起来。

——课间休息时,我低着头来到了操场上,脑子里空虚茫然。这时,我的恋人——一个被我暗恋的落榜生——凑到我身边问道:

"喂,你昨天去片仓家吊唁了吧?情况怎么样?"

片仓生前为人很温和,死于肺结核,昨天刚办完葬礼。听朋友们说他的遗容简直像恶魔一样可怕,所以我特意等到尸体火化后才去吊唁。

"没什么特别的,毕竟已经只剩一堆骨头了嘛。"

对于他的问题,我只有这样冷淡地打发了之。同时我突然想起了那个对他示好的口信:

"啊还有,片仓妈妈要我传达对你的问候呢,还让我

---

① Herakles,希腊神话中最伟大的英雄。他神勇无敌,虽不断受天后赫拉迫害,但终能战胜强敌,转危为安。最后因受妻子误会,自焚而死。死后成神,与青春女神结为连理。

跟你传话说，以后有空了一定要去她家玩，今后她会很寂寞呢。"

"你这傻瓜！"他猛地推了一下我的胸口，力道却轻飘飘的。我的恋人的脸颊通红一片，充满了少年特有的羞涩。他眼神里闪烁着一种把我当作同类的亲密感，让我觉得有些陌生。"傻瓜！"他又重复了一句，"你这小子也变坏了啊，瞧你一脸意味深长的笑容。"

——我一时不明白他什么意思。他说完后我只是附和着干笑，大概过了半分钟才反应过来。我终于懂了——片仓妈妈是个年轻貌美、身形纤细的寡妇。

然而比起这个更让我感到郁闷的是，我之所以反应迟钝，并不是因为我很无知，而在于他和我的关注点明显不同。那件事情我从一开始就理应想到的，可直到此刻我才迟迟意识到，真让我受打击。我所感受到的明显的距离感，就是这样一种悔恨。

我根本没有思考片仓妈妈让我传的话会让他作何反应，只是下意识地想着她只是想讨好他而已。自己的这份天真太丑陋了，丑陋得就像孩童哭泣后脸上干涸的泪痕，让我绝望不已。我已经数不清多少次问自己，为何不能这样下去呢？如今连自己为何会问出这个问题，也疲于思考了。我最终选择了保持自己的纯洁。只要我有意，（多糊弄的说辞！），我应该也是能从这种状态中脱身的。正如我坚信我厌倦的不是人生而是幻想，我还未明白此时我所厌倦的却正是人生的一部分。

我的人生正在催促我快点出发。那是"我的"人生吗？即便那不是我的人生，出发的时刻也已到来，我必须迈着沉重的步伐往前走下去了。

第三章

※

人人都说人生就是一个舞台,但我并不认为很多人都像我一样,从少年时代末期开始就囿于这一意识。虽说这一意识无可怀疑,但它往往伴随着高度天然和经验的浅薄,所以我内心某处总觉得人们并不是像我这样迈向自己的人生的。然而尽管有这样的疑惑,我还是有七成左右的把握相信,人都是像这样开启自己的人生的。我乐观地坚信着,不管怎样,只要自己表演完了就可以谢幕了。关于我会早死的假说也进一步加深了我的坚信。但后来我的这一乐天主义想法——倒不如说是梦想——遭到了残酷的报复。

以防万一我还是得多说一句,在此我想表达的不是老掉牙的"自我意识"的问题。我想说的仅仅是性欲的问题,这以外的事情我不打算写在这里。

本来差生这种存在是天生的资质所导致的,但我为了和别人一样升级就采用了卑鄙的手段——考试时偷偷地抄朋友的答案,连内容都不曾理解就若无其事地将之提交了。比起作弊,这是一种更为愚笨、更为无耻的方法,但有时会让我获得表面的成功。他升入了高年级。课程是以低年级时掌握的知识为前提的,只有他一个人听不懂,即使听讲了也完全不明白。如此一来摆在他前面的只有两条路,一条是就此破罐破摔,另一条是拼命装作明白的样子。至于选择哪一条路是由他的软弱和勇气的内涵所决定的,并不是由他的气量决定。无论走哪条路都需要等量的勇气和等量的软弱。此外无论哪条路都需要他对懈怠抱有一种诗意的、永不枯竭的渴望。

有天我和一群人走过学校的围墙外,他们边走边喧闹着说起了另一个不在场的朋友的闲话,说他好像喜欢上下学开校车的女售票员。话题后来转到了女售票员这种女人有哪里好的这种一般话题上。这时我就刻意用一种冷淡的口吻,轻飘飘地说道:

"当然是那个制服嘛。妙处就在于它恰到好处地包裹着她的身材啊!"

当然我从女售票员身上完全感受不到这种肉欲的诱惑。我只是类推了一下——纯粹的类推,此外我也想装作一个老练又淡定的情场高手来对事物发表自己的见解,我的年龄段特有的炫耀欲也是促使我说出那种话的原因之一。

我说完后没想到大家一片哗然。这群人成绩优良，人品高尚，性子沉稳。他们七嘴八舌地说：

"没想到啊！你还挺有一套的呢。"

"要是没有丰富的经验的话，是不可能这么一针见血的吧！"

"说实话，你小子好像挺可怕的呢。"

遭到这般纯真无邪又颇具冲击性的评价，我觉得自己下的药太猛了。若是说同样的事情，我还可以用其他不这么刺耳的说法，也许那样反而能显得我很有内涵。于是我有些后悔，自己刚才应该再稍微注意一下说法的。

十五六岁的少年在操纵与自身年龄不相称的意识时，往往会陷入一种错觉，那就是觉得只有自己具有远胜其他少年的坚定自我，所以自己才能驾驭自己的意识。其实并非如此。就我而言，只不过是我的不安和茫然比任何人都更早地限制了我的意识而已。我的意识仅仅是一种错乱的工具，受其驱使的言行也只不过是含糊的、随意的草率之举罢了。斯蒂芬·茨威格[①]曾这般定义，即"所谓恶魔，

[①] 斯蒂芬·茨威格（Stefan Zweig，1881—1942），奥地利犹太裔著名作家。中短篇小说巨匠，擅长人物的心理分析。作者引用的"所谓恶魔般的事物……"出自《与魔鬼作斗争》这部传记，该作品深刻地揭示了人类心灵的丰富性和复杂性。

指的就是每个人与生俱来的反复无常性（unruhe），它驱使着人们挣开自身、超越自我，并最终投身于永恒"。那"简直就像是大自然把源自远古混沌中的、某种不可捉摸的成分残留在了我们灵魂中一样"，而那种东西从一开始就是无法抹去的。这种不可捉摸的成分带来了压迫感，它"企图复归为超人性的、超感官性的要素"。当意识仅仅起到解说作用时，人们自然也就不需要意识了。

明明我在女售票员身上完全感受不到任何肉体的诱惑，但经过纯粹的类推和一贯的夸大处理后，我刻意说出了那番话，让朋友们感到震惊不已，脸颊通红，甚至似乎还凭着青春期特有的敏感的联想能力受到了朦胧的肉欲刺激。目睹这一切，我内心自然涌现出一种恶意的优越感。然而我的感受并未止步于此。接着轮到我自己受骗了——内心的优越感并不是均质统一的。我的感受经历了如下转变：一部分优越感转变为了自恋，让我陶醉于自己的思想比别人更新潮。然而一旦这部分比其他部分更早觉醒，那么即便其他部分尚未醒转，都会让我误以为这已是自己的全部感受了。"比别人新潮"这种自我陶醉进而会被我修正为"我和大家都是一样的人"这种谦虚，接着在错觉的加持下，我的感受又进一步拓展为了"是的，从所有方面来讲我和大家都是同为人类"（还未觉醒的那部分感受实现了这种拓展,并提供了支持),最终一切归为了一个狂妄的结论——"任谁都是这样的",此时只不过是错乱之工具的意识开始发挥强效的作用……就这样我完成了自我暗示。这种自我暗示是非理性的、愚蠢且虚假,甚至连我自己都深知它赤裸裸的虚伪性,可即便如此,从这时开始它就占据了我至少百分之九十的生活。我觉得没有人比我容易被洗脑了。

读了这本书的人也都很清楚吧。我之所以能就女售票员说出那番略带肉欲的话,理由其实非常简单,可我本人偏偏没有察觉到这一点——一个极为简单的理由就可说明一切了:不像其他少年,在女人的事情上我缺失一种与生俱来的羞耻感。

为了避免有人反驳说我只不过是以现在的想法来分析当时的自己而已,我把自己十六岁时写的文章摘抄一小节出来:

……对于并不相识的一群朋友,陆太郎毫不迟疑地加入了进去。他坚信着只要自己尽可能表现得快活一些——或者让别人觉得自己很快活——就能够封印那股不明缘由的阴郁和倦怠感。这种盲目的坚信堪称信仰的最优要素,它使陆太郎变成了某种白炽的静止状态。他一边参与着无聊的玩笑和嬉闹，一边不断想着"我现在既不苦闷，也不无聊"。他把这种状态称为"遗忘忧郁"。

身边的人们始终都在苦苦思索：自己幸福吗？自己还称得上有活力吗？正如发出疑问本身就是最为明确的事实那样，幸福的正常状态正是如此。

然而唯独陆太郎下定义说"我们很有活力"，将自己反锁在了确信的大门内。

事情发展到这里，人们的内心开始逐渐倾向于相信陆太郎说的"确切的活力"。

灰暗的真相终究被牢牢封锁在了虚伪的机器中。这个机器强有力地运作起来了。至此，人们将察觉不到自己正处于"自我欺瞒的房间"之内……

——机器强有力地运作起来了……

机器真的强有力地运作起来了吗？

少年时代的欠缺就在于，坚信只要把恶魔英雄化，恶魔就能够心满意足。

总之，不管怎样，我迈向人生的时刻来临了。说起为这场旅行我所准备的知识，首先就是大量的小说、一册性典，和朋友们传阅的小黄书以及野外演习时夜里从朋友那里听来的无数懵懵懂懂的低俗故事……然而较之这些，炽热的好奇心更是我忠实的旅行伙伴。因此出门时只要心一横当自己是个"虚伪的机器"，就算是最上乘的心理准备了。

我细致地研究了大量的小说，调查和我年龄相仿的人们对人生有何感受、又是怎样和自己对话的。然而种种缘由下我很难采用当面询问大家的方式，比如我没有在学校住宿、没有加入体育社团，并且我们学校中有很多伪君子，自从过了那种无意识下进行"下流游戏"的时期后，大家就很少触及低俗话题了，此外我又非常内向……所以我只能基于一般原则，来推理"我这个年龄的男孩子"独自一人时都在想些什么。他们的青春期似乎和我完全一样，有着犹如烈火焚身般的好奇心。进入这一时期后，似乎少年们满脑子只想着女人，脸上冒出青春痘，总是头脑发热地写下腻歪的情诗。关于性的研究书频频提到自慰对身体有害，但他们又看到有些书说并没有多大坏处尽可放心，所以他们似乎也是从这一时期开始沉迷于自慰。在这一点上我和他们可谓全然相同！然而尽管全然相同，但在这种恶习的性幻想对象上却存在明显的差异，对此我依旧自我欺瞒视若无睹。

首先，他们似乎从"女"这个字上感到一种异常的刺激。光是脑海中稍微浮现出这个字,他们似乎就会满脸通红。相比之下我看到"女"这个字的感觉和看到"铅笔""汽车""扫把"等一样,我的"感官"上毫无波澜。正如提到片仓妈妈的那次一样,和朋友聊天时我的这种联想力的欠缺会时不时地流露出来,让我显得宛如一个傻瓜。朋友们认为我是一个诗人,从而理解了我的异常。但我却不想被他们那样看待(因为诗人这种人似乎是注定要被女人甩掉的),正是出于这个原因,我开始有意识地培养这种联想能力以便能接上他们的话题。

可惜我不知道,不仅是内在的感觉方面,即便是外部那些不为人察觉的表现上,我和他们之间也存在明显的差异。也就是说,当他们看到女人的裸体照片时立马就会erectio,唯独我不会有这种冲动。另一方面,能让我产生erectio的对象(基于我反常之爱的特质,从一开始就严加筛选),比如爱奥尼亚型①的青年的裸体图像之类的,对他们而言不具有任何诱发erectio的力量。

我之所以在第二章好似刻意般地一一描述erectio penis,就是和这件事情有关。正因对此一无所知,才促使我开始自我欺瞒。所有小说的接吻场景中都省略了对男性

---

① 具有优雅纤细的女性体征,在拟古雕刻中,同男性的列柱形形成鲜明对比。

erectio的描述。因为这是理所当然的，自是无须赘言。关于性的研究书中，随便接个吻都会产生的erectio也被省略掉了。在我读来，仿佛erectio仅仅产生于肉体交合之前，或者只有通过性幻想才能获得。我开始觉得，即使没有任何欲望，可一旦到了交合之时，突然——宛如灵感从天而降一般——我也是会产生erectio的吧。我心底低语"不，唯独我是不会这样的"，这个占据了内心一成位置的念头却表现为了我所有形式的不安。说起来，我在进行恶习时，可曾有一次在脑海中浮现出女人的某个部位呢，即便是尝试性的？

我不曾那样做过。我曾一度认为之所以不那么做仅仅因为自己懒而已！

最终我还是一无所知。我不知道昨天街角瞥见的女人们出现在了少年们每一夜的梦中，她们赤裸着身子走来走去。也不知道在少年们的梦乡中，女人的乳房就像是夜晚的海面上浮出来的美丽水母一般不断沉沉浮浮，更不知道女人那珍贵的部位处翕张着濡湿的唇，成千上万次地奏鸣着希莱诺魔女①的歌……

因为懒？兴许是自己懒？我自己也感到怀疑。说起

---

① Sirène，法语，希腊神话中半人半鱼的女妖，以美丽的歌声诱惑渔夫，导致其遭遇海难。

来，我人生中的所有勤奋都是以此为动机的。我的勤奋最终都倾注于为这份懒惰辩护，并用它构筑起一道安全保障，以便能固守这份懒惰无需任何改变。

我觉得首先得整理一下和女人相关的记忆编号。但无奈这些记忆实在贫瘠。

在我十四五岁的时候有这么一件事。在父亲去大阪赴任那天，我们把他送到了东京站，回来时有几个亲戚来我家里做客。也就是说，他们一行人随着母亲、我，还有弟弟妹妹一起顺便来我家里玩。其中有我的从表姐澄子。她大约二十岁，马上要结婚了。

澄子的前牙稍微有点龅。但她的上排牙齿是那样洁白漂亮，简直让人觉得这是为了特意突显那两三颗龅牙。笑起来时首先前牙闪着光，有些许突出的牙齿反而为她平添了一份难以言说的娇俏。不协调的龅牙恰似一滴香料坠入了她柔美的脸庞和身姿所组成的协调中，进一步增强了这份协调感，为她的美平添一个韵味的闪光点。

若说"爱"这个字眼不恰当的话，那么就说我很"喜欢"这位从表姐吧。从小时候起我就喜欢远远地望着她。

曾有一次她在做罗纱刺绣①，我在她身边什么也不干地呆呆坐了一个多小时。

姑母们进了里屋后剩下我和澄子并排坐在客厅的椅子上，我俩谁也没说话。方才混乱的送别场面直到现在还让我们的脑子嗡嗡乱响。我莫名觉得疲惫异常。

"啊，好累呀。"

澄子微微打了个呵欠，她并拢着白皙的手指掩住嘴巴，像是做巫术似的懒懒地轻拍了两三下。

"你不累吗，小公？"

不知怎么，澄子用两边的衣袖盖住脸，咚地一下子往旁边倒在了我的腿上，接着一点点磨蹭着我的腿把脸侧了过来，之后就一动不动了。被当作枕头的荣幸带动着我的制服裤子微微颤抖。她的香水和脂粉的香味让我心生怯意。澄子动也不动地睁着疲倦却澄亮的眼睛，我看着她的侧脸内心迷惑不已……

这种事情只有那一次。但我却一直记得自己腿上曾存在过的、短暂却珍贵的分量。无关肉欲，单纯只是一份说不清的、极为奢侈的喜悦，宛如一份沉甸甸的勋章。

---

① 日本刺绣的一种，指在专用的纱布上用艳丽的丝线刺入的刺绣，最大的特征是绣针从同一方向垂直刺入。

在上下学的公交车上，我总是遇到一位貌似贫血的小姐。她的冷漠引起了我的注意。常常看到她望着窗外，一副懒洋洋的、对什么都厌倦至极的样子，有些突出的嘴唇透着一股冷硬。慢慢地，她不在时我总觉得少了点什么，不知何时开始我在上下车时都期盼着见到她。我心想，这就是恋爱吧。

我真的不明白。我无论如何都搞不懂，爱情和性欲到底是如何纠缠在一起的。虽然受到近江那恶魔般的蛊惑，但不用说我那时并没有想用"恋"这个字来解释。此时我对公交车上邂逅的少女产生了细微的感情，虽说我怀疑这就是恋爱，可同时我也被头剃得锃光发亮、粗犷的年轻司机所吸引。我的无知并没有逼迫我去弄清楚这股矛盾。在我看向年轻司机的侧脸时，目光中总暗含某种无法逃避的、苦闷又难受的压力，而我不时瞄向面色苍白的小姐的视线中，则充斥着一股刻意又造作的、容易疲倦的感觉。我始终没有弄懂这两股视线间有何联系，它们就这样在我内心毫无障碍地和平共处了下来。

作为正当年轻气盛的少年，我似乎太过欠缺"洁癖"这一特质了，换句话说，我似乎欠缺一种"精神"方面的才能。如果说这是因为过于旺盛的好奇心并没有自然而然地引发我对伦理问题的关注，倒也说得过去。然而，我的这份好奇心好似是长期患病之人在绝望中向往着外界一般，一方面又和某种毫无可能性的确信密不可分。这种半是无意识的确信和半是无意识的绝望使我的渴求显得如此鲜活，甚至犹如一种痴心妄想。

明明我还如此年少，却不知道自己内心已经悄然滋生出了明确的platonic①观念。这可谓是种不幸吗？对我而言，世间通常的不幸究竟意味着什么呢？也许，在肉欲方面我所感受到的模模糊糊的不安偏偏让肉体成了我的固定关注点。对于和求知欲并无二致的、纯粹的精神方面的好奇心，我早已能够娴熟地让自己坚信"这才是肉体欲望"，最终我也习惯了自我欺瞒，相信自己确实拥有一颗淫荡的心。这使我学会了表现出一副奇妙的、老成又世故的态度。看起来仿佛是彻底对女人感到腻烦了一样。

像这样，接吻首先成了我的固定关注点。对于现在的我而言，接吻这一行为实际上只不过是我的精神渴望寻求寄托的某种表象而已。然而当时的我却把这股渴求误当成了肉体欲望，因而煞费苦心地掩饰着内心多变的感受。无意识中我对自己正在掩饰真实的东西而感到内疚，这股内

---

① 英语，柏拉图式的。

疚又驱使我有意识地施展演技。可是反过来想,人真的能够彻底违背自己的天性吗,哪怕只是一瞬间?

若不这样考虑的话,不就无法说明人心那不可思议的机制了吗?——渴求着并不渴望之物。伦理完善的人对自己渴求的事物往往不表现出一副毫不渴求的样子,倘若我和常人正相反的话,那么是否可以说我内心正怀着最为不合伦理的希求?倘若果真如此,那这份希求岂不是过于可怜了吗?我有没有做到从头至尾都甘为世俗的俘虏,去伪装自己的一言一行呢?对后来的我而言,思索这些问题成了我无可推卸的任务。

——战争开始后,伪善的stoicism[①]风靡了这个国家。高中学校也不例外。我们从进入初中时就开始憧憬"留长发",但直到升入高中,眼下这一期盼似乎也毫无实现的可能。花哨的袜子早已过时。军训的时间大幅增加,可笑的革新活动也走马灯似的轮番上演。

话虽如此,但毕竟我们学校历来的传统校风就是专做表面功夫这一精妙的形式主义,所以我们并没有感到什么异样,照常过着校园生活。

配备的那位大佐是个理解力很强的人,此外那个前

---

① 英语,禁欲主义、律己主义。

特务总长N准尉因为操着一口"兹兹"的口音所以得了个"兹特"的绰号,还有他的同事白痴特、狮子鼻特等,他们都把校风发挥得淋漓尽致。校长是个颇为女气的老海军大将,他以宫内省①为后盾,凭借八面玲珑、审时度势的渐进主义维持着自己的地位。

这期间我学会了抽烟喝酒。话虽如此,那都不过是装腔作势罢了。多奇妙啊,战争教会了我们一种伤感的成长方式——在二十出头的年纪就斩断自己的人生,抱着这种心态俯瞰红尘。完全不考虑将来的事情。人生对我们来说,轻飘飘得不可思议。就好比生命的盐湖刚好在二十岁这个分界点上,盐分一下子变浓了,轻轻松松地就能漂浮起来。早知道落幕的时刻就在不远的未来,这场以自己为观众的假面舞剧我要是演得更用心些就好了。可是我一直想着"明天一定要出发了""明天一定",却日复一日蹉跎数年,对于人生的旅行我丝毫没有动身的迹象。对我来说这个时代才是唯一一个欢愉的时代不是吗?即便心有不安,但那也只不过是一缕朦胧的感觉而已,我仍旧怀着希望,坚信着明天总是在未来的蓝天下等着我。旅行的幻想、冒险的梦想、描绘着未来自己终将成为一个优秀之

---

① 负责管理皇家及宫内事务的政府机关。

人、勾勒着我尚未谋面的美丽新娘的相貌、期待着自己能获取功名……这些东西就像是旅途的指南书、毛巾、牙刷牙膏、换洗衬衫和袜子、领带、肥皂等物一样整整齐齐地码在整装待发的大皮箱里，身处这样一个时代，哪怕是战争，我也感到一种孩子气的欢喜。我以前坚信即便被子弹击中自己也感觉不到疼痛，这一炽热过头的梦想至此也不曾有分毫冷却。光是预想一下自己的死亡，我都会感到一股莫名的兴奋而浑身颤抖。我觉得自己拥有一切。难道不是吗？毕竟因旅途的准备而手忙脚乱的时候才是我们彻底拥有旅行的时候，之后我们的操作只会不断地破坏这份拥有，所以说旅行完全是种徒劳无益的事。

后来我对于接吻的固定关注点集中到了一双唇上。不过这仅仅出于一个动机而已，即这会让我的幻想显得有所凭依。如前所述，明明我感受不到任何可称之为欲望的东西，但我却不管不顾地坚信这就是我的欲望。换句话说，对于这一无论怎样我都想将之认作欲望的不合理的冲动，我把它和本来的欲望混淆了。这一炽热却又无法实现的欲望——我不想做真正的自己——和世人的性欲——他顺从本心而涌现出的欲望——被我混为一谈了。

当时我有这样一个朋友，明明两人聊不来但关系却很亲密。他叫额田，是我的同级同学，他似乎是为了请教初级德语的种种问题才选了我这个性子软又好相处的人作为朋友。不管做什么事，在一开始我都很有干劲儿，所以在初级德语方面大家也都觉得我学得很好。我俨然被贴上了一个"优等生"（听起来有些许"神童"的意味）的标签。也许额田出于直觉，早已看穿了我内心有多讨厌这个标签（话虽如此，我也并未找出其他有助于保障我自身安全的标签），以及我有多向往"坏名声"。他的友情中有某种挑动我的弱点的东西。之所以这么说是因为，那些自诩硬汉的人相当嫉妒额田，因为他那里总是时不时地传来女人世界的消息，就像是灵媒进行灵界通信一样。

近江可谓是我接触女人世界的第一位灵媒。然而那时我比现在更属于自己，所以就只是满足于将他的灵媒特质视作他的美之其一而已。相比之下额田作为灵媒的作用却在于，使我生出了超出常理框架的好奇心。原因之一大概在于额田完全没有美感吧。

前面提到的"一双唇"的主人就是去额田家玩的时候见到的他姐姐。

这位二十四岁的美人随意地把我当成一个小孩子来对待。在目睹了围着她打转的男人后，我逐渐明白了自己身上没有一丁点吸引女人的特质。这意味着我绝对成不了近江，反过来也使我明白了，想变成近江这一祈求实际上正是我对近江的爱之流露。

总之,我坚信自己爱上了额田的姐姐。正如高中那些同龄的愣头青会做的那样,我时而在她家四周晃来晃去,时而在她家附近的书店里久久磨蹭着不离去,只为了抓住时机和经过店前的她见上一面,时而又紧紧抱着软枕幻想着怀中的温香软玉,甚至还画了无数张她嘴唇的绘画,时而又悲痛万分地自问自答:这些算什么呢?不知为何,所有刻意的努力总使我感到一种异常的近乎麻木的疲惫。我不断地让自己相信我恋慕她,对于这份不真实,也许真实的内心早已洞察,所以才用恶意的疲惫来抗争。这份精神的疲劳简直具有可怕的毒性。在我做出刻意的努力时,不时会感到一股让我浑身发抖一般的乏味,而为了摆脱这股乏味我又厚着脸皮进入了另外的幻想之境。这样一来,转眼间我就生龙活虎起来,我做回了自己,一股异常的心性让我热血沸腾。而且这股火焰在抽象化后残留在心间,宛如这份狂热是因她而起一般,我由后往前地为之加上了牵强的注释——结果就是我再度欺瞒了自己。

如果有人指责说我至今为止的叙述过于概念化且太过抽象,那我也只能回答说,我不愿啰啰唆唆地描绘出和正常人的青春期毫无两样的肖像和外观。若是除去我内心的羞耻成分，那么以上描述就和同一时期的正常人全然吻合，包括内心深处的想法，在这一点上我和他们毫无区别。可以想象一下一个不到二十岁的男学生：有着普通的好奇心，对人生的欲望也和常人一样，只不过可能因为过于关注内心感受所以想法很消极，动不动就会脸红，而且并不相信以自身的容貌能受到女人们的青睐，只好转而埋头于书堆中，倒也取得了不错的学习成绩。接着再想象一下这个学生是如何向往着女人，如何备受煎熬、苦闷空叹。没有比这更容易、更缺乏魅力的想象了。所以理所当然我得省略掉和这种想象类似的无聊的描述。我的这一时期完全和这名内向的学生一样寡淡无味，毕竟我已经发誓要对表演忠诚到底。

在这期间，曾经只对年龄比我大的青年所倾注的思慕也逐渐扩展到了比自己年少的少年身上。当然比我年少的少年也和近江当时一般大了。然而，这份爱的推移也带动了爱的内涵发生变化。虽说同样是内心隐秘的思慕，但在野蛮的爱慕之外我也开始为文雅的爱所倾倒。也就是说，随着我的自然成长，一种类似于守护者的爱、少年之爱的东西开始显露征兆。

赫希菲尔德把精神异常者进行了分类，一类是只觉得成年同性才具有诱惑力的androphils，另一类则喜欢少年和年龄介于少年与青年之间的同性,被称作ephebophlis。我逐渐开始理解后者了。ephebe指的是古希腊的青年,意为十八岁到二十岁的壮丁,它的语源来自宙斯和赫拉的女儿,即不死的赫拉克勒斯的妻子赫柏[①],女神赫柏司掌为奥林匹斯诸神斟酒的任务,是青春的象征。

有一个刚升入高中的年仅十八的美少年。他皮肤白皙,有着温柔的唇瓣和顺滑的眉毛。我知道他叫八云,他的容貌深得我心。

说起来,在他尚一无所知的时候,我就从他那里得到了一种令我愉悦不已的礼物。我们学校最高年级每个班的班长每周都会轮流在早操和下午训练(每个高中都有,首先做三十分钟左右的海军体操,做完之后有时扛着铁铲去挖防空洞,有时去割草)时带队喊口号,所以每隔四周都会轮到我。到了夏天,一贯规矩烦琐的学校也许受到当时风气的影响,开始要求学生们在早操和下午做海军体操时脱掉上衣。做操的流程是这样的:各班班长首先在台上喊着口号带队,做完之后发出"脱掉上衣"的口令,等大

---

① 赫柏(Hebe),在罗马称作禹文塔斯(Juventas),是奥林匹斯山诸神的斟酒官,在每次宴会中,由她替诸神斟酒,而这些酒会使诸神心花怒放,永葆青春活力,并永无倦意。

家都脱完后班长便下台了,接着朝同时上台的体操教师喊一句"敬礼",之后就跑到本年级队伍的最后一排,和大家一样脱去上衣开始做操,体操做完后下面就是老师来喊口令了,班长的使命就到此为止了。尽管我对发号施令一事恐惧到几乎瑟瑟发抖,但上面刻板的做操流程对我而言却是正中下怀,所以我开始暗暗期待着轮到我带队的那一周。原因就在于,拜此所赐我得以近距离地一览八云的身姿,此外还能在看到他半裸样子的同时又不被人看到我瘦弱的身体。

八云通常站在靠近喊口号的台子的最前面的一排或第二排。这个雅辛托斯①的脸颊很容易发红。他总在早操整队之前气喘吁吁地奔跑而来,不停喘息的脸庞在我眼里十分赏心悦目。他总是一边喘着粗气一边用粗暴的手法拽开衣领的扣子,接着把白衬衫的下摆一股脑地从裤子里揪出来。我站在台上喊着口号,眼见他白皙光滑的上身暴露出来,虽然脸上毫无波澜,但却无法控制自己的视线。所以朋友无意间对我说"你喊口号的时候总是低着头呢,心脏那么虚弱吗"时,我一下子冒了冷汗。可是这次我也没能

---

① Hyakinthos,希腊神话中的美少年,斯巴达城邦国王之子,为斯帕鲁塔王子、太阳神阿波罗所挚爱。心怀嫉妒的西风神塞皮罗斯将阿波罗投来的铁饼吹歪,击中少年额头。阿波罗深悲其死,遂将其流下的鲜血化为风信子花。

有机会靠近八云那泛着玫瑰色的光裸身体。

有次在夏天的时候,高中的所有学生都去了M市的海军机关学校进行为期一周的参观学习。其中一天在游泳的时候大家都进了泳池。但我不会游泳,所以就借口说肚子不舒服在一边旁观。然而某个大尉却说晒太阳可治百病,要求我们几个身体不舒服的学生也脱掉上衣。我抬眼一看,八云也在请假人员中。他抱着胳膊,双臂白皙,肌肉紧绷,任凭微风吹拂着稍有些晒黑的胸膛,洁白的上牙在嘴唇上来回厮磨着。其他借口不舒服的学生渐渐围拢到了泳池四周的树荫下,所以我很轻易地就接近了他。我望着他随着呼吸微微起伏的腹部,用眼神抚摸他柔韧的身躯,脑海里浮现出了惠特曼①的诗句:

……年轻人们仰面躺着,洁白的腹部在日光下起伏着。

——遗憾的是这次我也未能和他说上只言片语,因为我为自己贫瘠的胸膛和苍白干瘦的臂膀感到自卑。

---

① 沃尔特·惠特曼(Walt Whitman,1819—1892),美国著名诗人、人文主义者,创造了诗歌的自由体(Free Verse),其代表作品是诗集《草叶集》。

****

昭和十九年——大战结束的前一年——的九月，我从这所从小上到大的学校毕业了，进入了某所大学。父亲不由分说地让我选了法律专业。不过我并没有太多抗拒，因为我确信在不久的将来我也会被迫入伍并且战死，我的家人也全都会死于空袭。

我的一个前辈在我入学的同时入伍了，他把大学时穿的制服借给了我，这在当时是很平常的事情。我们约定好等我入伍的时候就去他家归还衣服。从此我就穿着这身衣服开始了我的大学生活。

明明我比别人更恐惧空袭，但同时我却怀着某种甜蜜的期望等待着死亡。正如我常说的那样，未来之于我是种沉重的负担。从一开始，人生就为我戴上了一顶金箍，无时无刻不提醒着我的义务。但我很清楚自己无法履行，所以人生以此为名目对我百般折磨。我甚至觉得，干脆一死了之让人生的期待落空岂不快哉？对于战争时期风靡一时的死亡教义，我在感官上对其颇有共鸣。倘若我"壮烈牺牲"（虽然这实在和我很不相称），那将是一种极为滑稽的死亡方式，想必墓穴之下我脸上也会挂着一抹永恒的微笑吧。

……我听到了蹩脚的钢琴声。

如今我正在一个朋友家里,他不久将以特别干部候补生的身份入伍。这个朋友名叫草野,是我高中时唯一一个能够和其稍微探讨一下心里话的朋友,所以我很重视他。尽管我是一个不想要朋友的人,但下面我将要讲述的事情却很有可能伤害这份唯一的友情,这让我觉得强迫自己这样做的内心很残忍。

"那个钢琴声弹得好吗?似乎总是跑调呢。"

"是我妹妹啦。钢琴老师刚走,她正在练习呢。"

我们停止交谈又开始凝神倾听起来。草野马上就要入伍了,大概此时回荡在他耳边的不仅仅是邻屋的钢琴声而已,而是他终将离之而去的"琐屑日常"所具有的不完美又使人烦躁的美感。钢琴的音色中流露着随性之感,就像照着说明书做出的拙劣点心一般。到底是我,忍不住问了出来:

"你妹妹多大啊?"

"十八。我的妹妹里就她和我年龄最相近。"

草野回答说。

——我越听越觉得,这份指尖还残留着稚气的钢琴声俨然属于富于幻想的而且对自己的美尚不自知的十八岁。我希冀着钢琴练习永远不要结束。这一愿望也实现了——在我心里,这份钢琴声直到五年后的今日也仍在耳边回荡。一次又一次,我多么想让自己相信那只是错觉啊!然而我的理性随即又嘲弄着这份错觉。内心也脆弱地一次又一次嘲笑着我的自我欺瞒。尽管如此,这份钢琴声仍旧使我沦为了它的傀儡,假如能够省略掉"宿命"这一字眼中所含有的不快感的话,那么确实可以说,这个琴音就是我的宿命。

比这稍早些的时候,有一次我受到了异样的触动,从而记下了"宿命"这个词。那是高中毕业典礼之后,我和校长这个老海军大将一起坐汽车到皇宫里感谢圣恩。当时这个神色阴郁的老者眼角还糊着眼屎,他责难我不应该决定只做一个士兵而不去应征特别干部候补生,并极力规劝说以我的身体一定吃不了练兵的苦。

"我已经做好心理准备了。"

"你是不知道才这样说的。不过已经过了申请期限了,如今也于事无补了。这也是你的destiny吧!"

他说出的"宿命"一词的英语发音颇有明治时代的味道。

"啊?"

我不理解地问道。

"Destiny，我说这是你的destiny啊!"

——他一副毫不在意的神态，以防被我觉得太啰唆，一边流露出一种老年人特有的忸怩感，一边单调地重复着。

在此之前我也一定在草野家见过这位弹钢琴的少女。然而和额田家正好相反，草野家一派清教徒式的家风，姊妹三人总是脸上挂着得体的微笑，随后就消失在我眼前。因为草野入伍的日子一天天临近了，所以我俩频频互相拜访，珍惜着最后的共处时光。那份钢琴声让我在他妹妹面前变成了一个笨拙的人。自从听了她的钢琴之后，不知为何我就像偷听到了她的小秘密一样，变得难以直视她的脸了，也不敢和她搭话。有时她来送茶，我就只盯着她的脚在我面前轻快敏捷地走来走去。兴许是因为劳动服①或者裤装的流行让我很少见到女人的脚吧，眼前这双脚的美丽使我震撼不已。

——我这样描写，要是人们觉得我对她的脚产生了欲

---

① 日本和服的裙裤形状的工作服的一种，或者改良后的工作用下装。在战时政府强制女性穿着以方便空袭时避难。后来也成为代表战时生活的代名词。

念，这也是无可奈何的。然而并非如此。正如我常挂在嘴边的那样，我在对异性的肉欲方面完全缺乏自己的见解。一个很好的证据就是，我根本没有任何想看女性裸体的欲望。但即便如此，一旦我认真思考对女性的爱慕之情，那股熟悉的、令我不快的疲惫感就会涌上心头并排斥"认真的思考"，而我若能阻碍这一过程的话，这下我就会欣喜地发现，原来自己是个理性占据上风的人，接着我把自己缺乏温度与持续性的感情类比为是对女人感到腻烦了而已，从而顺势获得一种装成大人的、虚荣的满足感。这种心思的流转就像是点心店里只要投入十日元硬币就会滑落奶糖的机器一样，成了我的惯用伎俩。

也许我一直认为，自己能够不带有任何欲念地爱慕女性。这也许是有史以来人类最为愚蠢的企图了。但我却毫无知觉（这种夸张的说法是我的老毛病了，还请不要计较），甚至妄想成为一名为爱下定义的哥白尼。因此不知不觉间我开始相信platonic的观念。也许这看起来和前面说的互相矛盾，但我确实是真心地、纯粹地相信着。或许我所坚信的并非感情的对象，而是"纯粹"本身。我发誓尽忠的难道不正是这种纯粹吗？不过这是以后的问题。

我之所以有时看起来并不相信platonic的观念，是因为我总是轻易就拜倒在自身所欠缺的肉欲面前，此外还有一个原因在于,伪装成大人的病态满足也总是伴随着人为性质的疲惫感。简单来说都是源自我的不安。

战争最后一年,我迈入了二十一岁。新年刚过,我们学校就被动员去了M市附近的N飞机制造厂。八成学生从事制造,剩下两成身体虚弱的学生则被分配到行政岗位。我属于后者。另一方面去年体检后我被告知通过了第二乙种审核,从那以后我就担心着入伍通知会随时到来。

飞机制造厂位于一处漫天黄土飞扬的荒凉之地,工厂规模宏大,仅是横穿过去就需要三十分钟之久,数千名员工在里面忙个不停。我也是其中一员,学号是4409,实习员工号是953。这座工厂受神秘的生产费用所资助,无须考虑资金的回收问题,它所效力的主人是一片浩瀚的虚无。每天早上众人口诵神秘的宣誓也在情理之中。我从未见过如此不可思议的工厂。现代化的科学技术、现代化的经营手法、众多精英提供的精密合理的思维,所有这些只献祭于一个东西——死亡。这座巨大工厂主要生产特攻部队专用的零式战斗机[①],它本身就宛如一个阴森森的宗教在不停地嗡鸣着、呻吟着、哭叫着、怒号着。这么说是因

[①] 旧式日本海军战斗机,设计于昭和十二年。初期主要作为轻型战斗机,后来转型为特攻机。

为，我觉得若是缺乏某种宗教性的狂热的话，是不可能造出如此庞大的机构的。就连那些董事中饱私囊的行为也蒙着一层宗教性的阴影。

空袭警报的鸣笛声宣告了这个邪恶宗教的黑弥撒时刻。办公室顿时一片慌乱，有人问道："有什么情报？"顾不上自己喊出了家乡话。这个房间里没有收音机。所长办公室的女子进来紧急报告说"发现若干编队敌机"。其间，大喇叭中传出了浑浊不清的声音，命令女学生和国民学校的儿童开始避难。救护队人员开始分发印刷着"止血时　分"字样的红色标牌，用于为负伤者止血时在上面填入时间并挂在其胸前。警报响起刚过十分钟，大喇叭就通知"全员避难"。

行政员工抱着装有重要文件的箱子，急匆匆地奔向地下金库。把东西藏好后又争先恐后地冲到地面上，横穿过广场后加入了戴着铁头盔或防空头巾的群众队伍中。人群朝着正门蜂拥而去。正门外是一片黄土遍地的光秃秃的荒凉平原。一处蔓延七八百米的松林坡度平缓，里面的地下挖有数不清的防空洞。一片死寂的、焦躁又盲目的人群分成两队，在尘土飞扬中朝着那里奔涌而去，即便前方只是个随时可能坍塌的、裸露着红色土壤的小洞穴，只要它不意味着"死亡"就好。

有次休息日回家时，我在夜里十一点收到了征兵的电报通知，上面说要我二月十五日去报到。

当初父亲出谋划策说，像我这般弱不禁风的体格在城市里并不少见，若是在户籍地的乡下部队里接受体检反而会更凸显我的虚弱，这样一来就有可能避免被征用了，所以我就在户籍地所在的近畿地区H县接受了体检。农村小伙子们不费吹灰之力地就把米袋子提起了十几次，而我连胸口位置都提不到，审查官都忍不住发笑了。即便如此，我仍然通过了第二乙种的审核，如今还是必须接受征兵令到乡下粗野的军队报到。母亲哭个不停，父亲也很低落，就连我在收到通知后心情也很消极，但另一方面我又期待着自己可以体面地死去，转而对此事释然了。但是坐火车去的途中，之前在工厂里患上的感冒又恶化了，等我抵达乡下熟人的家里后，已经起了高烧站都站不起来了。自从祖父破产以来我们在乡下就没有一丁点儿土地了，但这个熟人跟我们家交情颇深，我得到了他们一家无微不至的照顾，尤其是喝下的大量退烧药也见效了，我总算是在众人送行下派头十足地进入了军营。

药物的压制作用退去后，我又开始发烧了。报到体检时我们像动物一样被要求脱个一丝不挂，然后还得转来转去，其间我打了好几个喷嚏。军医还是个生手，他误把我支气管里正常的呼气音诊断为Rassel①，再加上我之前编造的病情报告又证明了我确实有病在身，所以他们又对我做了血沉检测。恰好感冒导致的高烧又让我的血沉高于常态。于是我被诊断为肺浸润②，部队命令我即日回乡。

出了军营大门后我突然开始奔跑起来。冬日荒凉的山坡一路往下延伸到村庄那头。就像在飞机制造厂里那样我奋力奔跑着，不管前方是什么，只要不是"死亡"就好。

……夜班火车窗玻璃的破洞处不断有冷风灌进来，我一面躲着风，一面强忍着发烧导致的畏寒和头痛。我问自己：该回哪里呢？回东京的家吗？父亲无论什么事都优柔寡断，拜他所赐至今我们家还没有响应疏散号召，仍在提心吊胆中度日。回到那个家所在的、弥漫着一片灰蒙蒙的不安氛围的城市吗？回到眨动着家畜一般的眼睛、彼此搭话说着"我们会没事的吧"的人群中吗？还是回到聚集着一群患了肺病的大学生的飞机制造厂宿舍呢？也只有他们才会一脸毫无抗拒感的神态。

---

① 德语，由炎症引起的气管、支气管和肺部分泌物增多，随呼吸产生的异常声音，医学上通称湿啰音。

② 多是指细菌、病毒、真菌、支原体、衣原体等感染导致的肺部改变，也可表现为气管支气管充气征。临床多见于结核、炎症或者肿瘤。

随着列车的颠簸，我所凭靠的椅子那松动的木板拼接处不断在后背吱呀作响。我闭上眼，无意识地想象了一下我在家时家人全因空袭死去的场面，瞬间产生了一股说不清的厌恶感。日常与死亡的交缠，没有比这更让我感到一种怪异的厌恶感的了。就算是猫也会在将死之时悄然离开，以便不让人目睹自己的死亡吧？光是想象一下目睹家人凄惨的死状或是他们目睹我的死状，我就觉得一阵反胃的感觉直冲胸口。死亡这一同样的条件降临在全家身上，濒死的父母、儿子和女儿彼此对望着，共同享受着死亡的滋味。这个场面只让我觉得，它就是所谓合家欢乐、家人团圆之场景的粗劣复制品。我希望在外人包围下轰轰烈烈地死去。但这和埃阿斯①那希腊式的、期盼在明亮的晴空下死去的心情不同。我所祈求的是某种毫无人工修饰的、纯天然的自杀，正像是一只尚未练就狡猾心性的狐狸大摇大摆地在山脚下转悠的时候，被猎人一枪射死付出了无知的代价。

——若是如此，那么军队不就是我理想的归宿吗？我不正是因此才憧憬着军队的吗？何以我会那般严肃认真地对军医撒谎呢？何以我又是说自己这半年来一直低烧，又

---

① Aias，希腊神话中的英雄，参加远征特洛伊之战，功勋卓著。阿喀琉斯战死后，他为争夺甲胄继承权，失败而死。

是说自己肩膀僵硬得不得了，还说自己会吐出带血的痰，甚至还说自己昨晚睡觉时出汗出得浑身都湿透了呢（当然会如此，毕竟我吃了阿司匹林）？为何在被通知说即日回乡时费了好大工夫才控制住脸上不露出笑容呢？为何我出了军营大门后那般地疯狂奔跑呢？我不是期望落空了吗？不是应该垂头丧气、脚底虚浮吗，这算什么事呢？

虽然我的人生足以让我从军队象征的"死亡"中逃脱出来，但同时我也很清楚我没有未来，所以我才不明白驱使我从军营大门疯跑出来的力量源自哪里。我还是想活下去的不是吗，即便那只是极为缺乏自我意志的、像那次上气不接下气地奔向防空洞时的活法？

这时，另一个声音突然告诉我，我大概一次也没有想过去死。这句话解放了我的羞耻心。虽然说出来让我很难受，但我体会了这句话的意思。也就是说，我说自己向往军队的唯一原因就是死亡，这只不过是个谎言罢了。实际上我只是对军队生活抱着某种官能的期待而已。而且使我的这份期待得以持续至今的力量也只不过是人类普遍怀有的原始咒术般的自信——只有我一定不会死——而已……

……这种想法实在让我觉得不愉快。倒不如说我更愿意相信自己是个被"死亡"遗弃的人。对于向往死亡的人却被死亡拒之门外这一奇妙的痛苦，我更愿意像外科医生在做内脏手术时那样，集中起微妙的注意力但却以事不关己的心态对待。我甚至觉得自己这种愉悦的心理称得上很邪恶了。

我们大学和飞机制造厂闹了些不太理性的矛盾，因此计划在二月底之前将学生全部撤离，接着三月重新开课，随后四月初再将学生动员到别的工厂。然而二月底时有近千架小型飞机袭来，所以可以料想三月开课的计划只是说说而已。

就这样，战争期间我们得到了一个月毫无用处的休假，就像是得到了一把潮湿的烟花一样。不过比起得到一袋好歹有些用处的干面包，我更乐意得到这样一把潮湿的烟花，毕竟这份粗制滥造的礼物是如此地符合大学的作风——在这个时代，光是"毫无用处"就已经是份珍贵的礼物了。

感冒痊愈后过了几天，草野的母亲打来了电话，说是M市附近草野所属的部队在三月十日那天初次允许和外人会见，问我要不要一同前去。

我答应了下来，随后就去了草野家细谈此事。那时一般来说傍晚到晚上八点之间是最为安全的时间段。草野家也刚吃完晚饭。他母亲是个寡妇，和三个女儿一起坐在围炉边，我来了后就把我招呼了过去。他母亲向我介绍了那位弹钢琴的少女，名唤园子。因为她和钢琴名家I夫人重名，所以我就对之前那次的钢琴声说了些略带调侃的话。昏暗的遮光电灯的阴影下园子红了脸，一言未发。当时她穿着一件红色的皮夹克。

三月九日早上，我在草野家附近的车站站台上等候草野一家。抬眼望去，轨道两边的店铺因为强制疏散而濒临破败的景象尽收眼底。那里不时传来一阵阵清脆的咯吱咯吱声，激荡在初春清冽的空气里，有时还可以醒目地看到破裂的房屋下露出崭新的木材纹理。

早上气温还很低。近些日子总算是没有听到警报声。这期间空气越发打磨得澄净起来，洋溢着即将崩裂的敏感氛围。空气就像丝弦，拉得越紧就越会发出尖锐的声响，此刻寂静中弥漫着一股厚重的虚无感，恰似音乐开始前的短暂瞬间一样。就连静悄悄的站台上洒落的毫无温度的阳光，也因预感到了音乐即将开场而战栗不已。

这时，对面台阶上走下了一个身穿蓝色外套的少女。她牵着小妹的手，一边护着妹妹一边一个台阶一个台阶地往下走。稍大些的妹妹十五六岁，她似乎对慢腾腾的两人感到不耐，但仍然没有独自一人快步走掉，而是有意在台阶上Z字形地迂回走动。

园子似乎还没注意到我,但从我这边却能清楚地看到她们。有生以来我还从未见过一个女人美得如此动人心魄。我的胸口犹如雷鸣,内心一片澄净。不过从头看到这里的读者想必不相信我说的这些话吧,毕竟你们觉得此时的心动和我对额田姐姐那毫无真心的暗恋是并无两样的。而且,那时我还亲自分析自己的心思,这时却又为何放任自己呢?倘若果真如此,那从一开始我就没必要写下这些东西了,因为别人会认为,我所写的东西只不过是我"想要这样写"这一愿望下的产物罢了,所以只要我牵强附会自然就能自圆其说。可是,我的记忆中正确的那部分却告诉我,它和一直以来的自我之间存在一点差异。那就是悔恨这种情感。

剩最后两三个台阶时园子注意到了我,她冲我粲然一笑,脸颊上被寒气染上了一抹鲜活的红晕。她看起来有些睡眼蒙眬,眼皮也微微耷拉着,但她的黑眼珠很大,眼睛里亮晶晶的似乎想说什么似的。她把小妹交到大妹手里后,就朝我所在的站台奔跑了过来,柔美的身姿宛如光影摇曳。

我看着这个朝我奔来的、仿佛清晨降临一般的女孩。

我眼里的她不是从少年时代起就被我牵强描绘出来的、具有肉欲属性的女人。那样的话我装出一副很期待的样子迎接她就行了。然而麻烦的是，偏偏在园子身上我觉察到了不同一般的东西——我配不上她。这是一种深刻的虔诚，然而却并不是自卑感。看着几乎眨眼间就跑到我面前的园子，一股难以抑制的悲哀充斥了全身。这种心情前所未有。这股悲哀几乎要使我的存在的根基分崩离析。一直以来我都是以一种人工合成的合金般的心情来看待女性的，里面包含了孩子气的好奇心和虚伪的欲念。我从来没有体会过此刻这般撕心裂肺的悲恸，这绝非我的伪装，这股悲恸如此痛彻心扉，如此难以名状，只源自最初的一瞥。我意识到这就是"悔恨"。可是我犯下了哪些导致自己如此悔恨的罪过呢？虽然听起来很矛盾，有些悔恨也许是来自犯下罪过之前。也许我的存在本身就使我深感悔恨吧？而园子唤醒了我的这种悔恨？难道这股悔恨不正是源自预感到自己终将犯下罪过吗？

——园子已经无可抗拒地站到了我面前。因为我看起来有些失神，所以她在对我点头致意后又重新认真地行了一遍礼。

"您等很久了吗？母亲和俺祖母大人（她用了奇怪的语法，羞红了脸）还没有准备好，可能会晚点到。呃，再等一会儿吧（她马上又换了一种更恭敬的说法），请您再稍等片刻，若是她们还没来，我就陪您一起先到U车站如何？"

园子有些磕巴地说完这一长串后，又深舒了一口气。她个头很高，几乎要到我的额头。上半身非常匀称优雅，一双腿也很美。一张圆脸上未施粉黛，宛如不谙妆造的纯洁灵魂。嘴唇有些皲裂，但反而看起来多了几分生动。

随后我们聊了两句无关紧要的话。我拼尽全力地让自己活跃起来，竭力展现出一副机智过人的青年形象。可是我却憎恶这样的自己。

电车在我们旁边停了好几次，随后又发出沉重的碾压声驶向远方。这个车站上下车的人并不多，所以每次电车停下仅仅是导致我们舒心沐浴着的日光被遮挡住了而已。但每次电车重新开走后，再次照到我脸上的柔和阳光都让我战栗不已。我的头顶上方是如此热情的阳光，我的心间享受着这般夫复何求的时刻，这些总使我嗅到了某种不祥的迹象，比如几分钟后发生空袭我们被当场炸死，那必须得是这样一种不祥的征兆。我们一直都认为自己不值得享有哪怕片刻幸福。可是反过来说，我们也染上了一个毛病——即便是片刻幸福也将之当作是上天的恩赐。就像如今我和园子面对面站着，虽然交谈不多，但这赋予我内心的感觉正如前所述。大概充斥在园子心间的也是同一种力量吧。

园子的母亲和祖母迟迟没来,所以我们随便乘了一班电车去往了U车站。

在U车站杂乱的人群中我们被银行家大庭先生叫住了。这个中年男人始终如一地执着于穿戴着礼帽和西服套装,此行是去探望和草野同一部队的儿子,他身边的女儿也认识园子。不知为何我感到很开心,因为他女儿不如园子漂亮。这种心情到底算什么呢?园子亲昵地握着对方的手,还一边晃来晃去,看到她即便玩闹起来也显得如此天真无邪,我意识到了园子身上具有一种美的特权——平和的宽容,也正因此她才显得比实际年龄更成熟些。至此我才明白了。

列车上人很少。可能是偶然,我和园子在窗户边面对面坐了下来。

大庭先生一行加上女佣共有三人,我们总算到齐的人数有六个。若是九个人一同坐在同一横排的话,那么会有一个人多出来。

在自己尚未意识到的时候我已经迅速计算好了这一切。园子兴许也事先计算好了吧。我们两个面对面地扑通坐下后，调皮地冲对方笑了笑。

由于难以按照座位分配人数，我和园子组成的小离岛得到了默认。按照礼数，园子的祖母和母亲必须和大庭父女对向而坐，但园子的幼妹到底是小孩子，想也不想地霸占了能让自己同时看到母亲的脸和窗外景色的位子，她的小姐姐也跟着她一起坐下。这样一来，那里的座位就像是运动场上大庭家的女佣接管了两个小大人般的女孩子一样。老旧的椅子靠背将他们七人与我和园子二人隔离开来。

在还未发车时，满耳只听大庭先生在喋喋不休。他嗓音低沉又言辞絮叨，丝毫不给别人除了附和以外的权利。人老心不老的祖母堪称草野家最有代表性的啰唆人士，连她似乎也惊呆了。隔着椅背我们听到祖母和母亲只是不断说着"是啊、是啊"，除此之外她们的任务就是适时发笑而已。而大庭先生的女儿则始终不发一言。列车终于发动了。

列车驶离站台后，阳光透过脏污的窗玻璃照在凹凸不平的窗框上，又洒落在园子和我穿着外套的膝盖上。我们两个凝神倾听着旁边的聒噪声，谁也没说话。有时她嘴边扬起微笑，我也被她的笑容传染，这时我们就会看向彼此。随即园子又避开我的视线，再次侧耳倾听起来，眼里闪烁着淘气的光芒,一副漫不经心的样子。

"本人打算死的时候也穿着这身打扮。如果穿着国民服①,腿上还带着绑腿死去的话岂不是死不瞑目吗?本人也不允许我家女儿穿裤装,让自己的女儿以女性的打扮死去不就是为人父母的慈悲所在吗?"

"是啊,是啊。"

"话说回来,贵府参与疏散整顿行李之时,还请知会本人一声。贵府没有男丁想必有种种不便之处,那时尽可联系本人。"

"那可真不好意思啊。"

"我们包下了T温泉的仓库,正在着手将银行员工的行李全都运往那里呢,可以说那里是再安全不过的啦。不管是钢琴啦还是什么,都可以寄存在那里啦。"

"真是麻烦您了。"

"话说回来,令公子部队的队长似乎是个好人,可真是幸运啊。我家儿子可不行啦,听说他们队长会私自克扣探望时的食物呢。事到如今简直是和孩子隔海相望啊。我还听说他们队长在探望日的第二天就得了胃痉挛呢。"

"哎呀,呵呵呵。"

---

① 二战中,日本国民统一穿着的类似军服的制服。

——园子嘴边又泛起了微笑,但似乎为此感到不安,随后就从手提包里掏出一本袖珍书。我有点不满。不过我倒是对那本书的书名产生了兴趣。

"那本是什么书啊?"

园子一边笑着一边将摊开的书本背面举到脸前给我看,书本像扇子一样遮住了她的半张脸。书名是《水妖记》①,后面的括号里注着发音是"Undine"。

——我感到背后椅子上有人站起来了。是园子的母亲。她似乎是为了呵斥幼女在座位上蹦蹦跳跳,顺便也为了逃离大庭先生的聒噪。然而不仅如此。园子母亲带着不安分的少女和她早熟的姐姐来到了我和园子的座位边,开口说道:

"好啦,请让这两个淘气的孩子也加入两位吧。"

园子母亲是个优雅的美人。她一贯言辞温柔,说话间脸上挂着的微笑有时甚至看起来楚楚可怜,在说这句话的时候也是。我从她的微笑中感知到了某种带着忧伤的不安。园子母亲离开后我和园子又互相瞟了对方一眼。我从胸口的口袋里掏出记事本,撕下一片纸,然后用铅笔在上

---

① 作者是德国作家莫特·富凯(1777—1843),被认为是德国后期浪漫主义文学的代表作。童话讲述了生来没有灵魂的水之精灵涡堤孩与骑士之间的凄美爱情故事。此书最早由徐志摩译成中文,书名《涡堤孩》。

面写下了一句话：

"你母亲很在意噢。"

"在意什么？"

园子歪着头伸长了脖子看过来。我闻到她发间女孩子特有的味道。读完纸片上的字后，她一下子脸红到了脖子根儿，立马垂下了头。

"哎，难道不是吗？"

"哎呀，我……"

我们又对视了一眼，彼此心照不宣。我也觉得自己脸颊发烫起来。

"姐姐，那是什么啊？"

园子的幼妹伸出手指着。园子迅速把纸片藏了起来。园子的大妹似乎已经察觉到了这种情形意味着什么，她顿时发起脾气来，一副气鼓鼓的样子。看她呵斥妹妹的样子那么夸张，我想她确实是明白了。

借这个机会，我和园子之间的谈话氛围反而轻松多了。她开始告诉我学校的一些事情啦、至今为止读过的一些小说啦，以及哥哥的事情等，而我则有意把话茬引到普通事情上。这正所谓引诱手法的第一步。我们两个聊得太亲密了，以至于忽视了两个妹妹，所以她们两个又回到了原来的位子。然后园子母亲一边无奈地笑着，一边又把这两个不太中用的监工送回了我们身边。

到了晚上,我们抵达了离草野部队不远的M市,在落脚处安顿好后已经到了该就寝的时候了。我和大庭先生被安排在一个房间。

房间里只剩我们两个后,银行家便开始肆无忌惮地宣讲起了自己的反战论。昭和二十年春天的时候反战论已经满天飞了,我已经听腻了。大庭先生压低嗓音告诉我,他们的投资方是一家规模很大的陶瓷公司,对方以弥补战灾损失为名义,计划生产一大批家用陶器以便于乘上不久后到来的和平年代的东风,还说政府似乎向苏联提出了和平协议……我实在是受不了他的喋喋不休,更想要自己一个人静静地想一些事情。他摘掉眼镜后的脸庞莫名看起来有些浮肿,落地灯熄灭后,他的身影隐没在黑暗中,床榻上悠悠传来了两三次空洞的叹气声,一会儿终于听到他呼吸平稳,俨然已进入梦乡。我一边感受着包在枕头上的新枕巾扎着我发烫的脸颊,一边沉浸在了思绪里。

独自一人时,一阵灰暗的焦躁感总是会朝我袭来,此刻不仅如此,早上看到园子时那股动摇我存在根基的悲伤也再次鲜明地返回心间。我此时的心情揭示着自己今天的一言一行、举手投足全都是伪装出来的罢了。比起"也许那全是伪装出来的吧"这种茫然又痛苦的推测，"那就是伪装"这种断定更让我心生宽慰，所以不知何时起我就习惯了把这种断定尤为明确地揭露出来，这样会使我心里好受些。每当这时，对于所谓人类的根本性条件，还有人心所具有的明确机制，我总会感到一股挥之不去的不安，导致我在反思自己时总是徒劳地绕圈子，最终得不出任何结果。其他青年在这种情况下会作何感想呢？正常人会作何感想呢？这种强迫观念总让我陷入自我责备，我曾以为自己真的抓到了幸福的一个碎片，往往却又猝然四分五裂。

经年累月的"表演"早已变成了我心灵构造的一部分。或者已经不能再称之为"表演"了。伪装成正常人的意识已经侵蚀了我内心本来的正常部分，它不断地让我相信"本来的正常"也是"伪装出来的正常"而已。反过来说，我正在变成一个除了伪装之外不相信任何事物的人。如此说来，想要把对园子的倾心解释为"伪装"的心情，大概实际上正体现了自己渴望将之当作真实的爱，前者只是后者的假面而已。这样一来，我甚至都变得无法否定自己了。

——意识终于开始迷迷糊糊起来。突然一阵警笛声划破夜空，带来一股熟悉的不祥感和莫名的蛊惑。

"是警报声吧？"

银行家醒转得如此迅速,让我十分惊奇。

"谁知道呢。"

我不置可否。警报声隐隐约约地响了很久。

探望时间很早,所以我们一行人六点就起床了。

"昨晚警报响了对吧?"

"没有啊。"

早上在洗漱房和园子打招呼时,她一脸认真地否定了。回到房里后,妹妹们以此为笑料借机调侃起了园子:

"只有姐姐不知道噢。哇,好奇怪啊!"

幼妹也不失时机接着话茬说道:

"连我都醒了呢。然后我听到姐姐在打大呼噜呢!"

"对呀,我也听到了呢。她的呼噜声响得都快盖过警报声啦。"

"我说了,请拿出证据来!"——因为我也在场,所以园子红着脸据理力争了起来。

"你们要是撒这么大谎的话,后果可是很严重的噢!"

我只有一个妹妹。从小时候起我就憧憬着自己有许多姐妹,家里热热闹闹的。面前园子姐妹几个半是玩笑地闹作一团,在我眼里那就是世上最为鲜活且真实的画面。但同时这幅画面也唤醒了我的痛苦。

早餐时的话题始终都在围绕昨夜的警报声。大家说那恐怕是进入三月以来的第一次警报，而且因为只响了防备警报，空袭警报却未曾响起，所以他们都倾向于下结论说"不会出什么大事的"。对我来说怎样都行。如果我不在的时候家里被烧了个精光，父母弟妹也全死掉了，反倒痛快。我并不认为自己这种想法太冷血了，毕竟穷尽想象力才能描绘出来的事件如今却每天都在稀松平常地上演着，导致我们的想象力反而变得匮乏起来。比如说比起想象银座的店铺里整整齐齐地陈列着一瓶瓶洋酒，或者银座的夜空下不断明明灭灭的霓虹灯，想象全家死掉要容易得多，所以我的那个想法只不过是最先浮现在脑海里而已。正所谓自然而然产生的想象，无论它听起来多么残忍，都是跟本人内心的冷酷无关的。它只不过是懒惰又马虎的精神的一个体现而已。

与晚上独处时颇像个悲剧演员的我不同，出了旅馆后的我便摇身一变成为轻浮的骑士，一心想要帮园子拿行李。我打算特意在众人面前做出这个举动，以便达到想要的效果。园子自然会婉拒，但与其说是对我见外，倒不如说会被人理解成她在顾忌祖母和母亲，然后这个结果反过来又会迷惑她，她应该就能清楚意识到我们之间亲密到了需要顾虑祖母和母亲的程度。我的这个小计谋随即也大获成功。园子把包交给我后，就像是为自己辩解似的一直跟在我身边。明明队伍里有和自己年龄相仿的朋友，园子却不和她聊天，偏偏只和我交谈，我不时地怀着不可思议的心情望着她。早春里夹杂着尘埃的春风迎面吹来，吹散了园子纯真甜美得让人感到哀婉的声音。我穿着外套的肩膀上下耸动了几下，掂量着园子行李的重量。这份重量勉强为萦绕在我心头的近似于逃犯般的内疚感做了辩护。——刚走到郊外，园子的祖母最先叫起苦来。大庭先生返回了车站，似乎施展了什么巧妙的手段，不大一会儿就为大家雇来了两辆租借用的小汽车。

"嘿，好久不见啦。"

和草野握手时，手上的触感就像是摸到了伊势虾的壳一样，我不禁蜷缩了一下手指。

"你的手……怎么回事？"

"嘿嘿，吓到了吧？"

草野俨然已经磨炼出了一种新兵特有的、略显凄苦又令人怜悯的气质。他伸直手掌亮到我面前。发红的皲裂和冻疮上干结着一层灰尘和油垢，打造出了这么一双犹如虾壳般惨状万般的手，更何况触感还很湿冷。

这双手威慑我的方式一如现实是如何威慑我的。我本能地感到了恐惧。可实际上让我恐惧的，是这双无情的手所告发并追究的我内心的某种东西。我害怕的事，唯独在这双手面前无法伪装。这个念头刚一冒头，园子这个作为他者的存在提醒了我她的意义所在——我柔弱的本心和这双手对抗时，她就是我唯一的铠甲、唯一的锁帷子。我想无论如何我都必须爱这个女孩。这与其说是心底一贯的内疚，倒不如说是横亘在心底更深处的必然所趋……

草野对我的心理活动一无所知，他调侃道："洗澡的时候都不需要搓澡巾啦，我的手就够用啦。"

草野母亲轻轻叹了口气。在这个场合我只感觉自己是个厚脸皮的多余者。园子毫无所知地仰脸看着我。我垂下了头。没来由地我想自己必须对园子道歉。

"咱们出去吧！"

草野似乎有点难为情，胡乱推搡着祖母和母亲的背走了出去。军营外的庭院里四下灌风，来探望的家庭都在干枯的草场上围成一圈，用美味慰劳着自家的候补干部学生。遗憾的是，无论我怎么揉眼睛，那看起来都不是一幅美好的画面。

不久草野也和其他学生一样坐在了圆圈的中间，他盘着腿，嘴里塞满了西式点心，同时四下张望着，随后指着东京方向的天空。从这处丘陵地带望去,荒野尽头就横卧着位于盆地中的M市,再往远处可以眺望到层层叠叠的低矮山脉,山间隐约可见的天空下便是东京了。初春的云裹挟着寒意,在那处落下一片灰蒙蒙的阴影。

"昨晚那边红彤彤一片可怕得不得了啊。就连你家都不知道有没有被毁掉呢。至今为止的空袭中还没有过像那样整片天都烧得通红呢。"

——草野一个人硬气地对他祖母和母亲说,要是她们不尽快参与疏散的话自己每晚都无法安心睡觉。

"我知道了。我们尽快参加疏散吧。祖母跟你保证。"

祖母要强地回答说,然后便从和服腰带里掏出一个袖珍记事本和一支牙签大小的熏银铅笔,认真地写了什么。

回家的列车上一片死气沉沉。就连大庭先生在车站和我们会合后,也判若两人般一语不发。大家看起来都沉浸在一种刺痛非常的思绪中,所谓"骨肉亲情",也就是通常被他们隐藏起来的感情此刻挣脱了内心的束缚。大概他们在和儿子、孙子、兄长或者弟弟见面后意识到了一种无能为力感——见到家人后唯有用一颗纯粹的真心来表达自己的感情,然而这颗真心能做的也只是徒劳地向对方展示它在滴血而已。而我脑中则盘旋着草野那双惨烈之手的幻影。掌灯时分，列车抵达了O车站，在这里我们将换乘省际电车。

直到此时我们才亲眼见证了昨晚空袭的惨状。

铁路天桥上挤满了受灾者。他们缩在毛毯里，只露出一双呆滞的眼睛，不，倒不如说只能看到他们的眼珠。一位母亲机械地摇晃着膝上的孩子，似乎要永远晃下去。有个少女倚靠在行李上睡了过去，发间还插着一枝快被烧焦的绢花。

我们一行人穿过人群时，甚至都没人用指责的眼神看我们一眼。我们被无视了。只是因为没有和他们共同承担这份不幸，就足以让他们抹杀掉我们存在的理由，视我们若虚影。

尽管如此，我心里却有某种东西开始熊熊燃烧起来。排列在此的"不幸"人群赋予了我勇气和力量。我顿时体会到了革命带来的振奋感。这群人目睹了为自己的存在赋予定义的诸多事物葬于火海，人际关系、爱与恨、理性、财产等，他们眼睁睁地看着一切被火海吞噬。那一刻他们不是在和火海战斗，而是在和自己的人际关系、和爱恨情仇、和理性、和财产战斗。就像遇难船只上的船员们那样，他们面前摆了一个条件——一个人若想活下去，只能尽可能杀了另一个人。欲救恋人于火海却反而因此死去的男子，他不是被火杀死的，而是被他的恋人害死的。为了救孩子而死掉的母亲，害死她的也正是那个孩子。在火海中交战的恐怕是每个人迄今为止不曾遇到的、最为普遍且根本的种种条件。

我看到这场震撼的演剧给他们留下了满身的疲惫。某种炽热的确信从我心间迸射出来。我感到先前那股对人类的根本条件感到的不安被完全抹去了，胸中翻涌着一股冲动，让我简直想叫喊出来。

倘若我内省的力量再稍微强大一点，倘若我再稍微睿智一点，也许我就能更深层地思索那些条件了。然而可笑的是，园子和我的胳膊之间发生了第一次肢体碰触，那股传遍全身的温度让我恍然置身梦境。也许正像一直以来我告诉自己的那样，就连这小小的动作都不适用于"爱"这一称呼了。我和园子就这样走在一行人最前面，快步穿过了昏暗的天桥。园子始终没有开口说话。

——省际电车内异常明亮，一行人聚在一起后彼此看了看，园子也望向了我，她黑色的瞳孔中闪着柔和的光，带着某种局促。

换乘东京市内的环状线后，车上有九成乘客都是受灾者。一股比先前更浓烈的火焰气味直冲我们鼻腔。人们扯着嗓门说着自己刚刚逃过鬼门关,话语间甚至带着几分炫耀。这群人才是真正的"革命"人士,因为他们每个人都心怀不满,这种不满之情耀眼又饱满,令人振奋又愉悦。

我独自在S站和大家告了别。我把包还给了园子。沿着一片漆黑的道路回家时,有好几次我才意识到园子的包已经不在自己手上了。由此我才明白了那个包在我们之间起到了多么重要的作用,可谓是个不起眼的苦工。毕竟一路上我的良心始终没有占据上风,所以才需要这坨重物——也就是这位苦工来帮助我。

家人出来迎接了我,脸色并无异样。再怎么说,东京还是很大的。

过了两三天后我拜访了草野家,带着那本和园子说好要借给她的书。在这种情形下,一名二十一岁的青年会为十九岁的少女选什么小说,即便不说书名也可想而知吧。自己正在做着很老套的事情——这让我感到很欣喜,因为这对我而言有着特别的意义。他们家人告诉我园子碰巧去了附近马上就会回来,所以我就在客厅等她。

这期间外面初春的天空像碱水黑墨一样变得阴沉沉的,随后就下起雨来。一会儿园子来到了这个光线昏暗的客厅里,她似乎是半路上被雨淋了,头发上的水珠星星点点地闪着光,还没来得及拭去。她走到漆黑的角落里那张下陷程度颇深的长沙发前坐了下来,有些拘谨地缩着肩膀,嘴边依旧挂着微笑。朦胧的光线下,她红色夹克衫胸前的两处浑圆越发凸显出来。

我们两个半响才交谈两句,彼此似乎都很羞怯,言语不多。这是我们第一次拥有独处的机会。我也意识到了那次短暂旅行时在去程的列车上我们两个之所以相谈甚欢,大半得归功于邻座的聒噪和她的妹妹们。就连那次驱使我在纸片上写下仅有一句的情书的勇气,此刻也无影无踪了。比起那次,此刻的我变得更怯懦了。如果对自己放任不管的话,那么我极有可能会变成一个诚实正直之人,可是我却并不害怕自己在园子面前变成那样。难道我把表演这回事抛之脑后了吗?忘了按照惯例自己要伪装成一个陷入爱河的正常人?不管怎样,心底的声音告诉我,自己一点儿都不爱面前这个灵动鲜活的少女。如此这般我才觉得浑身舒畅。

此时骤雨初歇,夕阳斜照入房。

园子的眼睛和双唇都在落日中闪着光。那份美被我翻译为自身意志力的薄弱,沉甸甸地压在心头。随即这份苦涩的思绪反过来又让我觉得园子的存在是如此不真切。

"就算是我们,"我先开了口,"也不知道能活到什么时候呢。今天警报声随时都会响起，飞机上说不定就装满了轰炸我们的炸弹呢。"

"那该多好啊！"

——园子的手无意识地折叠着苏格兰花呢条纹裙子上的褶皱，一边这样说一边抬起脸。我看到她脸庞轮廓上细软的绒毛微微闪着光。"也许……要是飞机悄悄飞过来，就在我们两个说话间扔下一枚直击弹的话……您会这样想吗？"

这句话是园子爱的告白，尽管她自己都没意识到。

"嗯……我也会这样想。"

仿佛她的话很有道理一般，我做出了肯定的回答。但她不会知道，这个回答是如何反映了扎根在我心底的深切祈求。然而细细想来，这番对话真是滑稽至极。因为如果在和平的年代，若非深爱彼此，人们是不会说出这番话的。

"生离死别，我简直受够了。"为了掩饰自己的羞涩，我话锋一转开始嘲讽调侃起来。"你有时候不会这样想吗？身处这样一个时代，离别就是我们的日常，相见反而是一种奇迹……我们此刻能好好地交谈，细想一下何尝不是个奇迹般的事情呢。"

"是啊，我也……"园子似乎忍住了下面的话。随后她面色平静，认真却轻快地说："才刚见到您，我们就又要分别了呢。祖母正在加快着手疏散事宜，前天刚到家她就给N县某村的伯母发了电报。然后今早对方打来了长途电话，之前祖母电报上写着'请代找宅邸'，对方回电说如今即便找也是找不到房源的，可以住到她们家，那样反而更热闹。祖母也是心急，告诉对方说两三天内就会前去叨扰。"

园子说话间我没能做到适时附和她。

我没料到自己会如此深受打击。在听到这段话之前，我愉悦的心情不知不觉间使我产生了一种错觉，我以为从此余生一切都会保持着此刻的状态，我和园子谁也不会再离开彼此。从更深层的意义来说，这种错觉中包含了两层含义。园子的这番离别宣言提醒了我此刻的温存竟如此虚无，无情揭示了方才的欢喜只不过是个假象而已，我却天真地以为那就是永恒，如今这种错觉已然幻灭；同时那番话也促使我从另一种错觉中醒来，我意识到即便别离永远不会到来，男女间的关系也绝不会一成不变。多么痛的领悟！为何时光不能停在此刻呢？少年时代起就不知问过多少遍的这个问题此刻又涌到了嘴边。

为何上天要使我们背负如此荒唐奇特的义务，让一切都注定破灭，一切都变幻无常呢？这个让人备受折磨的义务难道就是所谓的"人生"吗?或者说这个义务是唯独针对我的?至少只有我才会觉得这个义务是个不堪忍受的负担。

"哦,你要离开啊……其实就算你留在这里,不久我也要离开的……"

"您要去哪里?"

"三月末或者四月初又得进入某个工厂了。"

"那很危险啊,毕竟很有可能遭遇空袭呀。"

"没错,是很危险。"

我有些赌气,气馁地回答说。之后就匆匆回家了。

——第二天一整天我心情都很舒畅,因为我已经摆脱了"必须爱园子"这种内心的必然所趋之义务。我放声歌唱,我一脚踢飞面目可憎的《六法全书》①,快活得不得了。

这种不可思议的乐观状态整整持续了一天。之后我像孩子般陷入了熟睡。深夜时分划破长空的警笛声惊醒了我,家人们一边嘟嘟囔囔地发着牢骚一边钻进了防空洞。好在没有险情,不久传来了警报解除的笛声。在防空洞里

---

① 汇总了常用法律条文的工具书,包括宪法、民法、刑法、商法、民事诉讼法、刑事诉讼法等,是司法考试的必备书。

时我迷迷糊糊的，听到笛声后就把铁头盔和水瓶挂在肩上，最后一个爬了出来。

昭和二十年的冬天很漫长。春天已经像只豹子一样悄悄逼近，可冬天还像囚笼铁槛一般阴森森又顽固地拦在其面前。星光下还能看到冰块在闪着碎光。

我睁着惺忪的睡眼，抬头望向四周枝繁叶茂的常青树包围着的一小片夜空，那里闪烁着几颗柔和的星子。夜晚的空气随着呼吸沁人心脾。突然一个念头充斥心间：我爱园子，倘若无法和她一起共度余生，这个世界对我来说可谓毫无意义。心底有个声音说道："如果你觉得能忘记的话不妨试试看。"紧接着，正像那天早上在站台上看到园子时一样，一种动摇我存在根基的悲哀吞没了我。

我几乎无法自已，只能徒劳地跺跺脚。

即便如此我还是又忍耐了一天。

第三天傍晚，我再次去见了园子。玄关处有个工人打扮的男子在捆扎行李。一些耐用物件放置在沙地上，先将之用草席包好后再拿麻绳捆绑起来。看到这个场面我不禁不安起来。

迎出来的是园子的祖母。她身后堆着一大片打包好的行李，只等工人们搬出去了。玄关的门厅处散落着一地草屑。祖母脸上一闪而过的迷惑让我决定不见园子了，直接就此离开。

"请把这些书交给园子小姐。"

我像个书店小厮似的呈上了两三本有趣易懂的小说。

"时常麻烦你真是不好意思啊。"

——祖母这样说着，并没有打算把园子叫过来。

"我们一家本来打算明晚出发去某村的，埋头只顾准备，没想到比预想的要提前出发了。这个宅子以后就租给T先生了，对方要把这里作为员工宿舍。我真是舍不得这里啊。孙女们都和您处得很融洽，我也很高兴。以后请您也要去那个村子玩啊。等我们安顿好了会给您带口信的，请一定要来玩啊。"

园子的祖母是个社交好手，她的言辞听起来丝毫不会惹人不愉快。但是和她那排列得过于整齐的假牙一样，她说的也只不过是机械的文字。

"祝您一家幸福无忧。"

我能说的也只有这句话，连园子的名字都未能说出口。这时，就像是受到了我内心踌躇的召唤一般，园子出现在了屋内楼梯处的平台转弯处。她一只手抱着装有帽子的大箱子，另一只手抱着五六本书。高窗照射进来的光线让她的头发闪着光泽。看到是我后，她突然大喊了一声，把祖母都吓了一跳：

"请您稍微等一下！"

说完后她便风风火火地往二楼跑了上去，把楼梯踩得扑通扑通乱响。看到祖母吃惊的样子，我不禁颇为得意。祖母一脸歉意地说家里堆满了行李，都找不到地方让我坐下来，便匆忙地又回到了屋里。

不大一会儿园子就跑了下来，脸庞红通通的。我呆呆地站在玄关一角，看她跑到我面前后什么也不说就穿上鞋子，然后直起身子说："我送您走一段吧。"她不容拒绝的口吻让我不由得很感动。我一边看着园子的动作，一边拘谨地摆弄着我的学生帽，内心像有某种东西咔嗒一声停下来了一般。我们彼此挨得很近，一起走出了门外。脚下的碎石子路一直往下延伸到大门处，我和园子谁也没说话。突然她停了下来，把鞋带解开又重新系了起来。看上去似乎很花时间，所以我就一面眺望着街景一面慢悠悠地朝大门走去，毕竟我可搞不懂十九岁的少女有什么可爱的小花招。她也希望我先走一步。

忽然我的右臂处隔着制服感到后面园子的胸口撞了上来。类似于汽车间的交通事故一样，这个碰撞之所以会发生一定是园子碰巧在出神。

"……那个……这个给您。"

掌心处被西式信封坚硬的边角扎了一下。我下意识地抓住了，就像是捏死一只小鸟一般，我差点把那个信封攥成一团。我装作无意地瞄了一眼，仿佛自己在看什么不得了的东西。掌中的信封一看就充满了小女生的趣味。

"之后再……等您回家了再打开吧。"

园子小声地说，像是被挠胳肢窝时发出的喘不过气的声音一般。我询问道："我该往哪里回信呢？"

"里面……写的有……那个村子的地址。您就按那个地址吧。"

奇怪的是，对于这场离别我突然变得期待起来。就像是玩捉迷藏时，"鬼"开始倒计时后其余人四下散开往自己预想好的地方藏去，那一瞬间的雀跃恰似此刻的心境。像这样，我具有一种对任何事都能乐在其中的天赋。拜这个邪恶的天赋所赐，连我自己都时常把自身的怯懦错以为是勇敢。然而，事实上这种天赋也可以说是我付出的甜蜜代价，毕竟对于人生我从不主动选择任何东西。

我和园子在车站的检票口前分别了，彼此甚至不曾握个手。

有生以来第一次收到的情书让我开心得不知所以。我等不及回家再看，所以坐电车时就打开了信封，完全不顾别人的眼光。里面满满的卡片都快掉落出来了，有些是影画，有些是产自国外的彩色卡片，上面印着传教学校的学生们一脸开心的样子。其中夹着一张折起来的蓝色便笺，上面还印着迪士尼电影中狼和孩童的漫画，然后下面写着一段话，笔迹像练字帖般工工整整：

"您借给我书真是不胜感激，托您的福我津津有味地看完了。我衷心祝愿即便身处空袭的威胁下，您也能平平安安的。等这边安顿好后我会再次给您写信的。地址是××县××郡××村××组。随信附带一点儿小礼物，聊表谢意，还请您笑纳。"

这真是封了不得的"情书"啊。谁让自己高兴得那么早的，现在碰了一鼻子灰吧。我面色灰白，不禁哑然失笑，心想我才不要回信呢，最多是回封印刷的明信片就完事了。

可在我到家之前的三四十分钟之间，受到先前那"开心得不知所以"状态的推动，"给她回信"这种一开始就存在的想法逐渐又占据上风。我也能想到，园子在那种家庭教育下根本不可能知道情书是怎么写的。因为是第一次给男子写信，所以她一定顾虑重重，言辞颇为克制。毕竟给我这封信的时候，她的一举一动俨然已经透露出了远超这封毫无内涵的信的内容的信息。

然而我突然转念一想，又觉得很生气。我再一次拿《六法全书》出气，把它胡乱地砸到房间的墙上。你看你像什么样子！我内心责备起自己来。十九岁的少女就在你面前，你却眼巴巴地等着人家先送上来，为什么不果断地展开攻势呢？我明白你之所以犹豫不前，是因为内心那股不明缘由的、异样的不安感。可明知如此为何偏偏又去见她呢？来翻一下旧账吧。你十五岁的时候过着和年龄相仿的生活，十七岁时也马马虎虎按照正常轨迹前行着。可如今二十一岁的你如何呢？不但朋友说你二十岁就会死掉的预言没有实现，战死的愿望也一时破灭了。好不容易到了这个年龄，却满心满眼不知深浅地盼着和乳臭未干的十九岁少女发生初恋。呵，你可真是长成大人了呢！到了二十一岁才知道和喜欢的女孩子书信往来，你小子真的没算错年龄吗？而且你不是至今都没尝过接吻的滋味吗？真没出息！

紧接着另外一个低沉的声音也阴魂不散地讥讽起我来。但这个声音里充满了炽热的诚恳，有着我所不曾体验过的人情味，它接连不断地对我展开了攻势——你说这是爱对吧？好吧。可是你对女人有欲望吗？你欺骗自己说只是对园子没有那种"低俗"的欲望而已，你想以此来忘记自己从来就没有对女人这种生物有过欲望这一点吧？话说回来你有资格用"低俗"这个形容词吗？你从来都没有产生过"想看女人的裸体"这种念头吧？哪怕一次也好，你有在脑海里勾勒过园子的裸体吗？你不是很擅长类推吗，那你应该推测到和你年龄相仿的男孩子在见到年轻女子的同时脑海中就浮现出她们一丝不挂的样子了吧？毕竟这可是个不言自明的道理呢！为何这样说？你自己扪心自问下吧！这种类推也是有可能被你稍微修改一下的吧？昨晚入睡前你忍不住又进行那个"小恶习"了吧？你要说那是类似于祈愿之类的东西，倒也随你。毕竟谁没干过这种邪恶的小仪式呀，就算是女人的替代品，熟练之后不也很舒服嘛。尤其是这可是个见效迅速的助眠药呢。只不过，那时候你脑海里浮现出来的绝对不是园子吧？反正那是一种天马行空的想象，就算是每次都在一边儿看着，仍让人觉得惊恐不已呢！白天在街上走的时候，你光是一个劲儿地盯着那些年轻的士兵和水兵。他们的年龄正合你的口味，浑身晒得黑黝黝的，言辞间充满了野性，完全跟知性不沾边儿。你一看到他们，就会立马开始打量人家的腰围吧？难不成从法科大学毕业后打算去当裁缝吗？二十岁上下的小伙子看起来愣头愣脑的，你最喜欢他们那能跟小狮子媲美的柔韧的躯体了。昨天一天你心里都把好几个小伙子脱得一丝不挂了。你简直就像是在心里准备了个采集标本的采集器,把好几个ephebe的裸体收集起来再带回家,然后从中选出一个人作为那场邪恶仪式的活祭品。这次你也选了一个中意的小伙子。来吧!接下来的事才让人难以置信呢。你把活祭品带到了一个奇妙的六角柱旁,然后拿出藏在身上的绳子把这个一丝不挂的活祭品反手绑在柱子上。这个过程中对方最好剧烈挣扎并放声哭喊。接下来你就会好心地暗示对方死亡的到来。这时你嘴角会扬起一抹怪异又纯真的微笑,并从口袋里掏出一把锋利的匕首。你逼近对方,用刀尖轻轻拨弄、爱抚着对方绷紧的侧腹。他发出绝望的哀号,扭动身子想要避开匕首,恐惧让他的心跳声分外清晰,赤裸的双腿战栗不止,两只膝盖吧嗒吧嗒胡乱碰撞着。匕首猛地刺进了他的侧腹。行凶者当然是你。对方的身体犹如弯弓般向后仰起,喉咙中发出孤独又凄惨的叫声,匕首下的肌肉不断痉挛着、翕动着,就像剑鞘般紧紧包裹着冷酷的刀身。

泛着血沫的红色液体喷涌而出,一路流往他光滑的大腿处。

这一瞬间你总算感受到了正常人的兴奋之情。这么说是因为,此刻你心间享受着的,正是你执着追求的"人之常情"。暂且不论对象如何,你的肉体深处生出了一股性冲动,而这种性冲动是再正常不过的了,所以这个意义上你和其他男人并无两样。你意乱神迷,心间充满了原始又难耐的冲动,一种野人般的狂热兴奋占据了你的头脑。你双眼炯炯有神,周身热血沸腾,成千上万的生命叫嚣着要从你体内喷薄而出,这是原始人的馈赠。射精后你身上还残留着这场原始赞歌的余温,而且你并不会感到男女交合后的那股悲伤。一种堕落的孤独感让你容光焕发,你久久地沉沦在远古大河的记忆中。也许是某种机缘巧合,性的机能与快感让你回想并陶醉在了原始人的生命力带来的无上感受中。你又开始费尽心机想要伪装自己了吧?我有时都不明白,明明只要活着就能享受到这般销魂蚀骨的快感,为何你还需要爱啦精神啦之类的东西呢?

干脆这样好不好?你在园子面前炫耀一下你那与众不同的学位论文怎么样?《ephebe的torso[①]曲线与血流量的函数关系》,听起来内涵十分深远。你选择的一定是光滑、柔韧又饱满的鲜活肉体吧?只有这样才能使蜿蜒流淌的血流在上面勾画出最为精妙的曲线,滴落的血泊才能形成最为美丽的自然纹样——像一条穿行在野外的不起眼的

---

① 意大利语,指只有躯干而无头颅和四肢的雕塑。

小河，又像是高大的古树被锯断后露出来的年轮。

——一定是这样的。

然而我的自省能力颇难揣测，它的构造就像是把那张细长的小纸片扭了一下再将两头粘起来后所形成的一个圆环一样，以为它是正面却是反面，以为是反面实际上却是正面。虽然后来的岁月里这个圆环的转动速度没那么快了，但二十一岁的我好似是被蒙上了眼睛，机械地在感情的轨道上一圈圈转动着。战争末期人心惶惶，在这种末世感的驱动下我只感觉到这个圆环的转动速度之快简直让我头晕目眩。原因与结果、矛盾与对立，我都不曾有闲暇去逐一细细思索。矛盾最终也还是矛盾，眨眼间就化为过眼云烟。

然而过了一小时后，我就满心满脑都想着怎么给园子写一封巧妙的回信。

……不知不觉间樱花开了。人们都没有闲暇外出赏花，也许只有我所在大学的本科生们才能观赏到东京的樱花了吧。放学后，我独自或同两三个朋友一起去S池岸边闲逛。

樱花妩媚得让人不可思议。红白相间的幕布、人头攒动的茶屋、赏花的人群、卖气球和风车的小摊可谓是"樱花的衣装"，可如今这些完全不见踪影，樱花就在常青树的枝丫间烂漫盛开，我觉得仿佛是看到了樱花的裸体一样。我第一次觉得,大自然的无私贡献与过度奢侈竟能把春天打造得如此妖艳。我甚至感到不安,怀疑大自然将再次征服一切,毕竟今年的春光实在是太华丽了。无论是菜花的鹅黄还是小草的嫩绿,抑或是樱花树干那润泽的黑色,甚至挂在枝头的茂密花苞,虽说色彩明艳,可在我眼中却带着一抹莫名的恶意。正所谓色彩造成的火灾。

我们一边在樱花林和池边的草地上漫步,一边争论着无聊的法律。当时我很中意Y教授的国际法这门课,因为这门课的效果很是讽刺。身处空袭的威胁下,教授没完没了地给我们讲授着国际联盟[1],我听讲时就抱着玩麻将或象棋的心态。和平!和平!像远处传来的风铃声一样,这个声音始终在耳边挥之不去,简直像是恼人的耳鸣。

"物权请求权[2]的绝对性这个问题嘛。"

说话的是A君,这个来自乡下的学生皮肤黑乎乎的,看着身量高大,但实际上得了很严重的肺浸润,因此逃过了征兵。

---

[1] 为保卫和平与促进国际合作,1920年根据《凡尔赛公约》成立的包括各个国家的联合组织。1946年解散。

[2] 物权财产权之一。一旦有被他人抢夺或占有的危险,即有权请求回收或采取预防措施。

"打住吧,太没劲儿了。"

B君制止了他,他面色灰白,一眼就能看出患有肺结核。

"天上有敌机,地上有法律……哼……"我鼻子里发出了一声冷哼,"这就是所谓的天上是荣光、地上是和平吗?"

只有我没有真正得肺病。我一直谎称自己有心脏病。身处这个时代,勋章还是疾病,你必须得二中选一。

突然耳边传来一阵胡乱踩踏树下杂草的声响,我们顿时停了下来。脚步声的主人也一脸惊慌地看向我们这边。那是个脚踩木屐的年轻男子,身上穿着一件脏兮兮的工装。但说他年轻也仅仅是因为他那平头上戴着的战帽下露出的发茬还很黑而已,除此之外,他暗沉的脸色、稀疏又邋遢的胡子、沾满油污的四肢以及蒙着一层污垢的脖子都透露出一股和年龄不相称的、惨淡的疲惫感。在他斜后方站着一个女人,像闹别扭那样低垂着头。她梳着垂髻,上身是一件国防色①的罩衫,下身穿着一条崭新的、碎白道花纹的窄脚裤,裤子款式十分新颖,甚至有些怪异。这一定是被征用的工人们在这儿幽会呢。看起来像是旷了工跑出来赏花的。他们大概以为是宪兵来了所以看到我们才那

---

① 茶褐色,本指日本陆军军服的咖啡色。

么慌张吧。

这对小情人翻着白眼瞥了我们几眼,看起来有点不悦,一边从我们身边走了过去。之后我们几个也没什么劲头聊天了。

还没等到樱花完全盛开,我所在的法学部再次中止授课,动员学生前往距离S海湾几里外的海军工厂。此时母亲和弟弟妹妹也响应疏散号召去了舅舅家,他在郊外拥有一处小规模的农场。东京的家里只留下了那个圆滑的学仆照顾父亲。没有大米吃的时候,这个学生就把煮熟的豆子在研钵里磨成泥,再熬成呕吐物模样的粥给父亲吃,他自己也以此果腹。不过父亲不在家的时候,他就趁机翻出库存不多的副食乱吃一通。

海军工厂的生活很轻松。我主要负责图书馆方面和挖掘洞穴工作。具体来说,就是和一群中国台湾的少年工挖掘一条巨大的横形洞穴,作为必要时转移生产零件的车间。对我来说,这群十二三岁的小捣蛋是再好不过的朋友了。他们教我台湾话,我给他们讲神话故事。他们坚信台湾的神灵会保护自己躲过空袭,并且总有一天会护送自己重返家乡。此外,这群小家伙的胃口简直达到了非人的境界。其中有个机灵鬼避开值班厨师的耳目，偷偷带回了一些大米和蔬菜，然后一个劲儿倒了很多机油做成了炒饭。对于这顿犹如品尝齿轮的美味，我自然是谢绝了。

到这里还不到一个月，我和园子间的书信往来逐渐朝着特殊的方向发展。在信里我总是言辞热切，无所顾虑。有天警报解除的笛声响起后我回到了工厂，看到桌上放着园子寄来的信，我看着看着手开始颤抖起来，浑身飘飘然陷入了微醺状态，我反复低喃着信中的一行话：

"……倾心于君……"

我之所以变得勇敢是因为园子不在我面前。距离赋予了我"正常人"的资格，也就是说我得到了一种暂时的"正常性"。时间和空间的隔阂会将人的存在抽象化。也许拜这份抽象化所赐，对园子的情有独钟和脱离常规的肉欲这两种毫不相干的心境逐渐作为等质的两者在我内心彼此交融，毫无违和，我也逐渐对此习以为常。我心里畅快极了，每一天都过得极其开心。有人说敌人终将登陆S海湾并攻陷这一带，所以我对死亡的希求也比以前更有可能实现了。在这样的状态下，我才总算是"对人生抱有希望"了！

四月过去一半的时候，某个周六我得到了久违的外宿许可，回到了东京的家里。我本来打算先从自己的书架上拿出几本书带回工厂看，随后就去郊外母亲那里过夜。但是回去坐电车时遇上了警报，电车走走停停期间我突然感到全身发冷，头也晕得厉害，浑身燥热无力。根据以往的多次经验，我明白自己是扁桃体发炎了。回到家让学仆铺好床铺后我就马上睡下了。

不知过了多久楼下传来一阵喧闹的女声，吵得我发烫的额头刺痛不已。随后便听到有人走上楼梯又顺着走廊一路小跑过来的声响。我微微掀起眼皮，映入眼帘的是有着大片图案的和服裙摆。

"你怎么啦，一副病恹恹的样子？"

"什么啊，这不是恰子嘛。"

"'什么啊'是什么意思啊，我们可是五年没见了呢！"

这个女人是远房亲戚的女儿，名叫千枝子，有时叫得快了就成了"恰子"，所以亲戚们都这样叫她。她比我大五岁，我们上一次见面还是在她的结婚典礼上，不过听说自从她丈夫战死以后，她就变得异常外向起来，甚至到了不正常的程度。如今看她这样，也确实开朗得无须向她致以哀悼之意了。我心下无言，只好沉默着。她发间插着一枝很大的白色绢花，我暗想这东西形同虚设，不戴也罢。

"我今天来呢，是找小达有点事，"千枝子这样称呼我父亲达夫,然后接着说,"我想拜托他安排一下我们疏散时的行李。前一段我爸爸说,要是哪天见了小达,他会给我介绍个妥当的地方的。"

"父亲今天好像会回来得晚一点呢。这倒是无关紧要啦……"——她的嘴唇涂得太红了,我不由得有些不安。是发烧的关系吗?那抹鲜红刺痛了我的眼睛,我觉得头愈发疼痛起来。"话说回来……如今这个节骨眼你化那么浓的妆在外面走来走去,不会被别人指点吗?"

"你已经到这个年龄啦?开始留意女人的妆容了呢。刚才睡着的样子就像是刚断奶的小孩一样呢。"

"说的什么话,你给我走开!"

千枝子却故意凑了过来。我不想被她看到自己穿睡衣的样子,所以一下把被子拉到了脖子处。忽然她把手掌覆在了我的额头上。头上传来一阵刺骨的冰冷,对我来说正好是雪中送炭,我不禁心生感激。

"好烫啊。量过体温了吗?"

"正好三十九摄氏度。"

"你得敷冰块呀。"

"冰块什么的我家没有。"

"那我来想点办法吧。"

她扑踏扑踏地甩动着宽大的袖子,一脸欢快地去了楼下。不久又上来了,脸色平静地坐在一边。

"我让那个男孩子去拿啦。"

"谢了。"

我望着天花板。她拿起我枕边的书,和服袖子触到了我的脸颊,绢制物特有的凉意传来。我突然开始渴望起那份凉意,我几乎想恳求她把袖子覆盖在我的额头上,但我忍住了。这会儿房间里的光线逐渐变暗了。

"这个跑腿的孩子可真慢啊。"

发烧的病人总是能以一种病态的精确来把握时间的流逝。我觉得千枝子强调说"慢"有点为时太早。过了两三分钟,千枝子又开口说:

"真慢啊,那孩子到底在干什么呢?"

"不都说了不慢吗?"

我发神经似的吼了一句。

"生起气来一副可怜兮兮的样子呢。请把眼睛闭上吧,不要再用那么可怕的眼神瞪着天花板啦!"

我一闭上眼睛,眼睑下的热气就闷在里面,让我很是难受。突然我感到额头上有什么东西碰了一下,同时伴随着一股细微的呼吸。我偏开头,空洞地叹了一口气。随之那股呼吸沾染上了几分异样的灼热,某种滑腻的东西一下子重重压了下来密封住了我的嘴唇。耳中听到牙齿互相磕碰的声音。我不敢睁开眼睛。其间两只凉凉的手掌一直紧紧捧着我的脸颊。

终于千枝子起身了，我也半支起了身子。我们两个在薄暮中看着彼此。千枝子的姐妹是一群淫荡的女人。我清晰地看到她体内也燃烧着同样的血液。然而不知为何，那燃烧着的东西和我因疾病导致的燥热奇妙地调和在了一起。我完全坐了起来："再来一遍。"学仆回来之前，我们没完没了地亲吻着彼此。千枝子不停说着，我们只接吻哟，只接吻哟。

——我不知道接吻时自己是否产生了对肉体的欲念。但无论如何，第一次的体验本身就是一种肉欲，因此这种情况下再去辨别也是徒劳无益的吧。就算我在意乱神迷之时提取出一贯的观念性因素也是毫无意义的。重要的是，我已经成为一个"知道接吻滋味的男人"了。就像是宠爱妹妹的男子在别人端来美味的点心时立马就会心想"真想给妹妹尝尝啊"那样，在紧紧抱着千枝子时，我脑海里却全是园子的身影。从那以后我开始满心幻想着和园子接吻。这是我的第一次失算，同时也是最沉痛的失算。

总之，园子占据在我的心底，所以我逐渐觉得这份最初的体验变得丑陋起来。第二天千枝子打来电话时，我谎称自己马上要回工厂了，当然也没遵守约定去和她幽会。

这种异常的冷淡来自我并没有在初吻中感到快感，可是对于这一事实我却选择视而不见，强迫自己相信正因为自己爱着园子所以才觉得这份体验很恶心。这是我第一次打着爱园子的旗号为自己找借口。

就像初恋的少年少女会做的那样，我和园子也交换了照片。园子在信中告诉我，她把我的照片镶到了项链坠子里并挂在了胸前。但是园子寄来的照片太大，只能放进手提包里。而且连手提包的内袋都装不下，所以我只好用包袱布裹起来随身放在包里。我担心我不在时工厂会发生火灾，所以回家时也带着它。有天坐夜班电车回工厂时突然警报响了，所有灯光都熄灭了。后来我们收到了避难通知，于是我摸黑在置物网架上摸索，不料发现装有照片的大包和裹着照片的包袱布小包都被偷了。我是个迷信的人，所以从那天开始，我心里就始终萦绕着一股不安，我想必须得尽快去见园子了。

正如之前三月九日深夜的那次空袭一样，五月二十四日晚上的空袭也促使我做出了决定。诸多此类的灾难散发着某种瘴气一样的东西，正如合成某些化合物时需要硫酸来做媒介一般，我和园子之间大概也需要这些东西。

广袤的田野上耸立着一座座小山丘，山根处贯穿着数不清的防空洞，我们就躲在那里望着东京方向的天空被火光映成了一片血红。不时有炸弹落下，爆炸声响彻云霄，每当那时我们就能看到云缝间露出了异常耀眼的昼日晴空。也就是说午夜里竟然出现了一瞬间的蓝天。探照灯形同虚设，数条暗淡的光束构成的交叉点处不时有敌机的机翼一闪而过，那些光束仿佛是迎接敌机一般一条接一条地传递着接力棒，殷勤地把敌机一点点引导到了离东京更近的光束中。近日也很少听到高射炮的炮击声了。B29[①]如入无人之境般进入了东京上空。

此时在东京上空交战的双方究竟能否区分敌我呢？不论如何，只要一看到红彤彤的天幕中有飞机坠落，地面上观战的群众就会一齐发出喝彩。其中闹腾得最厉害的是那群少年工。四下分布的防空洞中所传出的鼓掌声和欢呼声回荡在四周，恍然置身剧场一般。我觉得对于远远观战的人群来说，无论坠毁的是敌机还是我方的飞机，在本质上是没有区别的。所谓战争就是这样。

——翌日早上私营铁路中途停止了运营，我半路步行回家，脚下踩的枕木还冒着烟，经过铁桥时上面铺着的细长木板也半数焦黑。回到家时我发现，除了自己家，附近

---

① 二战中美军最大型四引擎轰炸机，波音公司制造，主要用于对日作战。

都被烧了个精光。偶然来此过夜的母亲和弟弟妹妹因昨晚的火灾反而变得振奋起来。为了庆祝从战火中逃生,大家还从地下挖出羊羹罐头享用起来。

"哥哥和某位小姐正在热恋中吧?"

妹妹跑进我的房间这样说,十七岁的她还是个疯丫头。

"谁说的?"

"我什么都知道哟!"

"我不能喜欢她吗?"

"当然可以啊。那你什么时候结婚呢?"

——我吃了一惊。感觉自己仿佛是一个通缉犯,无意间被毫不知情的人说中了和罪行相关的事情。

"什么结婚,我可没这个打算。"

"人品真差啊!难道你和人家谈恋爱从一开始就没结婚的想法吗?哎呀,真讨厌,男人果然都是坏家伙呢!"

"再不快点抽身,你小子可要被泼脏水啦!"妹妹走了后我不断自言自语说:"是啊,这个世上还有结婚这回事儿呢,生孩子也是。我怎么给忘了呢?或者说我为何装作忘记了呢?就是因为身处战争白热化的时代,就连结婚这种稀松平常的幸福也让我错以为遥不可及。实际上,对我而言结婚或许是一种极其重要的幸福吧,一种……重要到几乎让我汗毛战栗的……"虽然听起来很矛盾，但这种想法驱使我下定决心必须马上去见园子。这就是爱吗？还是说，人们心中有所不安的时候，反而会对那份"不安感到好奇"，进而表现出一副不合常理的热切期待模样，这不正是此时的我吗？

我已经有好几次收到园子或她母亲、祖母的来信，邀请我去她们那里做客。不过我觉得住她伯母家里有点不自在，所以给园子写信说帮我找旅馆。园子一家家地问了村里的旅馆，发现要么是做了政府办公用地，要么用来软禁德国俘虏，最后只好作罢。

旅馆——我曾对它抱有幻想。这次算是实现了我少年时代起的幻想。另外，对旅馆的向往也可以说是沉迷恋爱小说所受到的坏影响。说起来，我的思维方式颇有些堂吉诃德①风格。在堂吉诃德时代骑士物语拥有大量受众。然而若想从里到外都彻底烙上骑士物语的印记，这个人本身必须得成为堂吉诃德。我也不例外。

---

① 西班牙作家塞万提斯·萨维德拉于1605年和1615年分两部分出版的长篇反骑士小说。15世纪骑士文学开始变得愈发庸俗化，塞万提斯决定创作《堂吉诃德》，"把骑士文学的地盘完全摧毁"，他沿用骑士作为主角的写作形式，把骑士制度、骑士精神漫画化。

旅馆、密室、钥匙、窗帘，微弱的挣扎……战斗开始的信号……就在那时，就在那时！我应当是可以做到的。好比是天降灵感一般，"正常性"应当会在我心底疯狂燃烧起来。就像是被附身一般，我应当能够摇身一变成为另一个人，一个真正的男人。只有那时，我才能够无所顾虑地紧紧拥着园子，拼尽所有地去爱她。所有疑惑与不安一扫而空，我得以发自内心对她说"我喜欢你"。我甚至可以大摇大摆地走在空袭笼罩下的大街上，响亮地喊着"这位是我的恋人！"

罗马式的艺术风格对精神的作用抱有一种说不清的怀疑，这往往会导致他们做出"幻想"这样一种超脱常理的行为。幻想与其像人们认为的那样是一种精神的作用，毋宁说它是源自对精神的逃避。

——然而我的旅馆之梦却不幸胎死腹中。园子多次来信说，村里的旅馆全都无法营业，所以就住在家里吧。我最终回信同意了。心中生出了一股近似疲劳的安心感。而善于欺瞒自身的我却并不打算把这份安心歪解为放弃。

六月十二日我出发了。至于海军工厂方面，因为工厂上下都逐渐变得散漫起来，要是想请假，随便什么借口都可以。

列车脏污不堪，乘客也很少。战时和列车有关的记忆（除了那回愉快的旅行）怎么净是此类惨淡的事情呢。这次我也一边忍受着列车的颠簸，一边怀着某种孩子气的、可怜的坚定信念。那就是，我发誓不和园子接吻就绝不离开村子。不过这却不同于人们满怀骄傲地决定要和自身欲望导致的偏执念头抵抗到底时的情况。我反而觉得自己像是去偷东西一般，好比一个怯懦的小喽啰在头目的逼迫下不情不愿地前去偷盗。"被人爱着"这一幸福深深刺痛了我的良心。也许我所渴求的是某种更为无可救药的不幸吧。

园子把我介绍给了她的伯母。我装腔作态，简直使出吃奶的力气。我觉得大家也许都会在心底嘀咕："园子怎么会喜欢这样的男人呢？就是个白面书生嘛。这种男人到底有什么好的？"

怀着给大家留下好印象这种值得钦佩的念头，我没有摆出像以往坐火车时一副生人勿近的姿态。有时我为园子的妹妹们辅导英语，有时我在她祖母讲柏林时代的往事时适时附和。奇怪的是，这样反倒让我觉得离园子更近了。在园子的祖母和母亲面前，我甚至好多次都明目张胆地和园子眉来眼去。有时我们还会在餐桌下用脚触碰彼此。园子似乎也逐渐对这个游戏上瘾了，在我对她祖母没完没了的故事感到无聊的时候，她就走到背对着祖母的那扇窗边，窗外有大片绿叶笼罩在梅雨季节雾蒙蒙的雨汽中，园子就倚靠在那里一边注意着不被祖母发现，一边用指尖捏着胸前的项链坠子对着我晃来晃去。

半月形的领口将园子的胸前分为了两部分，露出来的胸口一片雪白，几乎到了耀眼的程度！她在做小动作时脸上的微笑使我联想到了朱丽叶脸红时的那种"放浪的血液"。和成熟女人的放荡截然不同，这种放浪只有纯洁的处女才做得到，宛如微风般诱人沉醉。这也可以说是某种可爱的恶趣味吧，就像有人特别喜欢逗弄婴儿一样。

在这一瞬间，我沉醉在了突如其来的幸福感中。从很久之前开始，我就对幸福这一禁果敬而远之。可如今它却可悲又执着地诱惑着我。眼前的少女宛若深渊，而我已然万劫不复。

不知不觉中，再过两天我就必须返回海军工厂了。但我还未完成给自己布置的接吻任务。

正当雨季，此处的高原地带都笼罩在淅淅沥沥的雨幕中。我借了一辆自行车去邮局寄信。园子在区政府负责检点征兵遗漏者的科室上班，她一般会偷懒推掉下午的工作提前回家，所以我们约好了在邮局会合。锈迹斑斑的铁丝网被细雨浸润得湿答答的，空无一人的网球场看起来十分寂寥。有个德国少年骑着自行车与我擦肩而过，他濡湿的金发和沾了水滴的白皙的手闪着光泽。

我在古朴的邮局里等了几分钟，其间天色微微变亮了起来。原来是雨停了。但这只是短暂的放晴，就是所谓的迷惑人心罢了。乌云并未消散，仅仅是转为了更明亮的白金色。

园子骑着自行车在玻璃门对面停了下来。她肩膀处被雨淋湿了，胸口随着喘息上下起伏着，脸颊上泛着健康的红晕，冲我粲然一笑。"就是现在，快冲过去！"我顿时觉得自己像一只被下达指令的猎犬一样。这个义务观念简直就是恶魔的命令。我跳上自行车，和园子并排沿着村子的主干道飞驰。

冷杉林、枫树林、白桦林，不断被我们抛在身后。树上透亮的雨珠不停地往下滴落。身边园子的头发被风吹起，看起来美极了。她结实的双腿轻快地转动着脚蹬，在我眼里，她本身就是生命的象征。经过废弃的高尔夫球场入口时，我们便停下来推着车沿着泥泞的小路往前走去。

我像个新兵蛋子一样十分紧张。不远处有棵树，刚好树荫处比较隐蔽。到那里大约需要五十步。前二十步，得和她聊点儿什么缓解一下她的紧张。剩下三十步随便说些应景话就行。好，走完五十步了。先停下支好自行车，接着眺望一下山那边的景色，然后把手搭在她的肩上，低声说一些"这一切都是真的吗？简直像做梦一样呢"之类的话。然后她会做出回应，不过那对我的任务没什么帮助。接下来搭在她肩上的手一使劲儿，就把她拉到自己怀里。接吻的技巧按照千枝子那时候来就行了。

我曾发誓要对"伪装"忠诚到底，所以这些举动并不代表我内心存在爱意或者欲望。

此刻园子就在我的怀里。她喘息着，脸颊像火烧一样红艳，睫毛覆盖下的眼睛紧紧闭着，双唇看起来娇嫩诱人。可惜仍然唤不起我的欲望。然而我却热切地怀着一种期待——也许接吻过程中就能激发出自己的"正常性"，真挚纯粹的爱意也会随之涌现。机械开始转动起来，谁也无法使之停下。

我终于覆上了园子的唇。一秒钟过去了，我丝毫没有快感。两秒钟过去了，依然如此。三秒钟又过去了——我什么都明白了。

我直起身看着园子，眼底有悲伤一闪而过。如果她此时看向我的双眼的话，想必能从中读出无法用言语表达的爱意。但那是一种怎样的爱啊！任谁都无法断言人类能拥有这样的感情。遗憾的是她沉浸在羞耻感与纯洁的满足感中，像个人偶一样一直垂着眼睑。

我沉默着，像是对待病人那样轻柔地拉起她的手腕往停车的地方走去。

逃走！必须尽快逃走！我内心开始焦躁起来。但为了不被人看出我脸色消沉，我装出一副比平常更加活泼的模样。晚上吃饭时，我表现出一脸幸福，而园子则任谁都看得出她心不在焉，不过我们两人的表现太过于相得益彰，反倒造成了对我不利的局面。

园子看起来比以往任何时候都要娇艳动人。本来她的容貌就有着一种物语似的气质，如今她的眼角眉梢看起来俨然就是物语中坠入爱河的纯情少女。看着园子俨然一副春心萌动的娇态，即便我再怎么假装开心，我也彻底明白了一个事实——我没有资格将这般美好的灵魂拥入怀中。我言辞间开始磕磕巴巴，园子的母亲说了一些关心我的话。园子随即便以她可爱的玲珑心察觉了一切，为了逗我开心，她又开始晃着项链坠子无声对我说"别担心"。我不由得微笑起来。

看到我和园子旁若无人地你来我往，我还微笑了起来，大人们都是一脸惊讶与不解。可是一想到他们对我们两个的未来怀有怎样的期待，我又觉得毛骨悚然。

第二天我和园子又来到了高尔夫球场上的同一个地方。我发现黄野菊花丛被踩得东倒西歪，这是昨天我们来过此地的证明。如今这片草丛已经干枯了。

习惯这个东西可真可怕。明明昨天吻了园子后我内心是那般痛苦煎熬，可今天我又忍不住吻了她。不过这次是像对待妹妹一样蜻蜓点水的一个吻，却反倒因此染上了一丝不伦的色彩。

"下次能什么时候再见到您呢？"园子问我说。
"嗯……只要我那里没有美军登陆就好说啦，"我回答说，"再过一个月我就又可以请假啦。"——我希冀着。何止是希冀，甚至是一种迷信：在这一个月里美军会从S海湾登陆，然后我们将作为学生军被赶上前线，最后全员战死。或者从天而降的大型炸弹打得人们措手不及，无论我身在何地都惨死当场。说起来，我这也算是碰巧预言了后来的原子弹大爆炸吧？

之后我们两个朝着向阳处的斜坡走去。斜坡上有两棵白桦树就像一对温柔的姐妹一样恬静矗立着，在坡道上投下倩影。园子低着头，走着走着她突然开口说：

"下次您来的时候，会给我带什么礼物呢？"

"要说现在我能带来的礼物……"我迫不得已只好装糊涂说，"要么是一架残次品飞机，要么是一把沾着泥的铁锹，除此之外可别无他物啦。"

"我说的不是物质噢。"

"嗯……那是什么呢？"我一面继续装糊涂，一面越发窘迫，"真是个难题啊。我回去坐火车时再好好想想吧。"

"嗯，您可别忘了呀。"园子的声音里莫名多了几分不容抗拒和郑重，"您向我保证，下次来会带着礼物。"

园子特意强调了"保证"这个字眼，我只好顺势拿出一副虚张声势的积极态度，来保护自己不被怀疑。

"好啊，我们拉钩！"我一脸无畏。我和园子就这样拉了钩，虽然这是一幅充满童真的画面，但顷刻间孩童时期的恐惧感再次卷土重来。那是一种幼小心灵对古老的传说感到的恐惧——拉钩之后若是违背诺言，那根手指就会腐烂。尽管园子没有明说，但她口中的礼物指的就是"结婚申请书"，所以我才会感到恐惧。这种感觉就像是一个不敢半夜独自去厕所的孩子对黑暗中四处潜伏的东西感到万分恐惧一样。

那天晚上临睡前，园子出现在我房间门口，她一边将门帘卷在身上，一边撒娇似的让我再多停留一天。而我当时只是露出一副很吃惊的样子，躺在床榻上看着她。我曾精密思量过的第一步计划失败了,随之全盘崩溃,如今我不知该如何界定自己对园子的感情。

"您一定要回去吗?"

"嗯,一定得回。"

我的语气反而很愉快。此刻名为伪装的机器再次运转起来,发挥它搪塞人的本事。明知自己的愉悦仅仅源自从恐惧中逃脱了出来,但我却将之解释为,自己是因新获得"左右园子的情绪"这一权力所带来的优越感而感到愉悦。

如今自我欺瞒这一技能成了我赖以保身的铁网。负伤之人不曾苛求临时凑合的绷带必须是干净的。我想起码先拿自己惯用的技能止住血,再赶往医院。因此我特意将那个纪律懒散的工厂想象成军规严明的兵营,比方说明天早上不回到那里的话,就会被发配到"重营仓"①。

出发那天早上,我的视线一直黏在园子身上,恰似一个旅人望着即将别离的风景。

我明白一切都结束了。可悲的是周围的人们却觉得一切才刚要开始。我明明那般渴望自己能安心承受周围人带

---

① "营仓"本是旧时日本陆军兵营内的临时牢房,"重营仓"则是陆军中的一种惩罚措施,将士兵关禁闭一日至一月。

着善意的防备,从而再次欺骗自己。

尽管如此,园子安静的模样还是让我感到不安。她一会儿帮我往包里塞东西,一会儿又在房间里四下查看以免我落下东西。其间有一会儿她站在窗边静静地望着外面。今天早上依旧阴沉沉的,只有绿意盎然的新叶异常醒目。突然树梢晃动了几下,那是藏匿其间的松鼠爬过去了。园子的背影上仿佛堆满了静谧又稚嫩的"等待神态"。和不关好柜子就走出房间一样,对于做事一向一丝不苟的我来说,无论如何也做不到对这样一副神态视而不见扭头离开房间。我走过去从背后轻柔地抱住了园子。

"您一定要再来啊!"

她语气轻快,言语中充满了坚信。我莫名觉得,那与其说是对我的信赖,倒不如说是源自对某种超越我的、更深层之物的信赖。她的双肩并没有颤抖,装饰着蕾丝的胸口微微呼吸着。

"嗯,也许吧,只要我活着。"

——说出这句话,我自己都感到恶心,因为我这个年龄的男子更愿意做出如下回答:

"当然会来!我一定会排除万难来见你的!所以安心等着我吧,毕竟你是注定成为我的妻子的人啊!"

我对世事的感受方式、思维样式中,无一不充满了此类罕见的矛盾。然而驱使我采取"嗯,也许吧"这种含糊态度的罪魁祸首不是我的性格,而是造物者的恶作剧。换句话说,正因为我很清楚这不是自己的错,所以对于那些勉强算是自身过错的部分,我往往采取一种常识性的训诫态度,它无懈可击得简直滑稽可笑。从少年时期起我就坚持给自己灌输,就算是死也不要变成一个优柔寡断、婆婆妈妈、缺乏自我以及不会爱人只知道一味索求爱的人。这种训诫对于自身意志主导的过错自然是有效的,可是对于不受我掌控的因素,这从一开始就是种奢望。在如今的情况下,要想在园子面前像个男人一样果断做出肯定答复,恐怕参孙[①]来了也无济于事。现在倒映在园子眼底的犹豫不决的男人真令我厌恶至极,可这偏偏就是我无法摆脱的性格,我甚至觉得自己的存在毫无价值,我的自尊心也支离破碎。我开始变得不相信自己的意志,也不相信自己的性格,至少我很难不觉得涉及自身意志的东西不是个冒牌货。然而另一方面,这种重视自身意志的思维方式同时也是一种近乎幻想的夸张。毕竟就算是正常人,也不可能只凭借意志行动。纵然我是个正常人,能让我和园子过上幸福生活的条件也不可能从一到十尽数齐备,也许那个作为

---

① Samson,《圣经·旧约》中力大无比的英雄,生于前11世纪的以色列,玛挪亚的儿子。

正常人的我依旧会回答"嗯,也许吧"。可是因为习惯使然,即便是这样简单易懂的假设,我也故意熟视无睹,仿佛是绝不放过任何一个折磨自己的机会那样——这乃是逃无可逃之人的惯用伎俩,即强迫自己相信自身是个不幸之人,从而安心任凭命运摆布。

园子静静地开口说:

"没关系。您不会受一丁点儿伤的,因为我会每天晚上对神灵祈祷的。我的祈祷从来都是很灵验的呢。"

"你可真有信心啊,怪不得你看起来这么安心呢,甚至让我有点害怕呢。"

"为什么呢?"

园子抬起头,黑润澄亮的瞳孔一瞬不眨地盯着我。她的目光像晨露一样干净,不掺杂丝毫怀疑,一和她对视我就心下大乱,不知该如何回答她的提问。本来我好不容易忍住了心里的冲动,没将在安心中熟睡的她晃醒,可这下她的眸子反倒强有力地唤醒了我内心沉睡的东西。

——去学校之前,妹妹们来和我告别。

"再见!"

最小的妹妹说要和我握手,谁知她飞快地挠了一下我的手掌心就逃到院子里。点点光斑透过枝叶刚好落在她身上，她高高举起镶有金色搭扣的红色便当盒晃了两下，一面冲我喊了一声。

园子的祖母和母亲也来送别了，这下车站上的送别具有了几分公式化的意味。我们互相说笑着，举止从容。不久列车到站了，我上车坐在了靠窗的位子上，脑海里只有一个念头，那就是希望列车快点启动。

就在这时某个方向突然传来了一个清亮的声音，喊着我的名字。正是园子。明明至今为止我已十分熟悉她的声音，可从远处传来的这声清脆呼喊还是让我吃了一惊。我意识到确实是园子在叫我，霎时感觉犹如朝阳照入心间。我朝着声音的方向望去。园子穿过车站职员专用的出入口，然后在站台边缘处烧焦的栅栏旁停下了脚步。她穿着一件格子图案的开襟上衫，上面缀着的大团蕾丝随风舞动。她的双眼亮晶晶的，紧紧望着我这边。列车发动了。园子的身影在我的视野中消失前，我只来得及捕捉到她张着丰润的双唇，似乎在说着什么。

园子！园子！列车每晃动一次，我心里就浮现出这个名字，仿佛那是一个神秘的圣名。园子！园子！每重复一次，我就心痛一次。如此反复间我开始疲惫不堪，仿佛是对我的惩罚。这股无形的痛苦究竟是何方神圣，我想解说给自己听却发现它竟如此难解。这股痛苦太过于偏离人类正常的感情轨道了，导致我都说不清自己是不是很痛苦。打个比方来说，就像是一个正午时分在明晃晃的阳光下等着午炮响起的人，可过了时间耳边依旧静悄悄的，他不禁仰头四面张望着天空。正是这种可怖的疑惑感。毕竟全世界只有他一个人知道，午炮没有在正午时分准时响起。

"一切都结束啦，结束啦。"我低喃着，宛如一个没出息的考生考失败时叹息着，"失败了，完了。"就是因为剩下了那个X才会错的，要是先解决那个X就不会发生这种事了。对于人生这道数学题，如果我也识时务地和别人一样用演绎法来解答就好了。一切都怪自己的小聪明，就是因为只有自己用了归纳法才一败涂地的。

一时间我心乱如麻得无法自已，连前排坐着的乘客都狐疑地瞄了几眼我的脸色。一个是穿着藏蓝色制服的红十字会的护士，另一个模样寒酸的农妇大约是她的母亲。察觉到她们的视线，我抬眼看向护士时，这个酸浆果一般红彤彤的胖姑娘为了掩饰自己的羞涩，开始跟母亲撒起娇来：

"妈妈，我饿了！"

"还早着呢。"

"我都说了我饿了嘛。妈妈，妈妈！"

"真不听话！"

——她母亲终于无奈地拿出了便当盒。里面的内容物实在贫瘠，比我们在工厂吃的还要凄凉。几乎全是芋头的饭里拌着咸萝卜，护士狼吞虎咽地吃了起来。我从未见过有人能把吃饭这个天经地义的事做得如此了无意义，忍不住揉了揉眼睛。后来我反应过来，我之所以会这样觉得，是因为我已经丧失了活下去的欲望。

那天晚上回到郊外的家里后，有生以来我第一次真正想要自杀。其间我渐渐又泄气了，不禁觉得这种想法很荒唐。我先天就缺乏享受失败的能力，而且正如丰收的秋季一样，种种死法始终对我如影随形：在战火中死去、殉职，在战争中染病而死、战死沙场，被压死、病死，等，所以我并不认为自己不在这些死神的名单上。死刑囚犯是不会自杀的。无论怎么考虑，这个季节都不适合自杀。我最好静静等着什么东西来杀死我。或者说，我在等着什么东西来拯救我。

回到工厂后过了两天，园子寄来了一封情真意切的信。那才称得上是真正的爱。我甚至有些嫉妒，类似于养殖珍珠对天然珍珠那难以克制的嫉妒一般。这世上哪有我这样的男人呢？竟然嫉妒女人对自己深切的爱意！

……和我分别后园子就骑着自行车去上班了。可能她精神太过恍惚，同事都不禁询问她是不是身体不舒服。她处理文件时好几次都犯了错。她回家吃过午饭后再次去上班，中途却绕到高尔夫球场停下了车。她低下头，看到那片黄色野菊花依旧东倒西歪的。随后她又抬头望着远处的火山，云雾消散后，山的表面展露出了明媚又富有光泽的黄褐色。不一会儿山谷间再次隐约袅袅升起了灰蒙蒙的雾气，那两棵像是温柔的姐妹一样恬静矗立的白桦树仿佛是有所预感一样颤抖着枝叶。

——然而同一时刻，我却在列车里绞尽脑汁地思考着该以怎样的方式摆脱园子的爱，即便这份爱是由我一手造成的……但不时在某个瞬间，我安心地让自己相信一个算是最接近真相的、可怜的借口——"正因为爱她，所以才必须远离她"。

之后很多次我给园子写信都是不冷不热的态度。

回来快一个月的时候，草野家写信告诉我草野的部队允许家属进行第二次会见了，刚好部队转移到了东京近郊，所以他们打算全家出动。我没出息地也加入了他们。真是不可思议，明明我下定决心要逃离园子，如今却又这般渴望和她见面。见面后，园子依旧是那个矢志不渝的园子，只有我深知自己已彻底变心。我甚至连风趣话都不曾对她说一句。然而我的变化在园子和她的兄长、祖母眼里，甚至在她母亲看来，也只不过是我老实正直的表现罢了。草野用他一贯温和的目光看着我，对我说了一句让我不寒而栗的话：

"不久你会收到一个重要的小通知，敬请期待哟！"

过了一周，周末我回到母亲那里时收到了草野的信。信上的字体一如既往地拙劣，显示着写信人与收信人之间真挚纯粹的友情：

"……园子的事情，我们全家上下都是认真的。我受全家所托，全权代理此事。虽说并不难办，但我还是想问问你的想法。

"大家对你都很信赖，园子自不必说，我母亲似乎都开始考虑什么时候给你们办婚礼了。谈论婚礼为时尚早，不过我觉得现在倒是可以确定一下订婚的日子了。

"话说回来，这只不过是我们单方面的想法而已，总而言之还是想听听你的想法。之后我们双方家庭间再商谈细节。话虽这么说，但我绝无意强逼'小不点同志'，只要知道你的真实想法我就安心了。就算你回复说'no'，我也绝不会怨恨你或生你气，更不会因此破坏你我的兄弟情谊。倘若你说'yes'当然是再好不过了，若是不行也绝不会伤了和气。你只需顺从本心坦率回答就行。千万不要受情义束缚或者被局势所迫，我希望你能作为我的挚友来回答我。"

……我愕然不已，下意识四下张望了一下，确认没人看到我在读这封信。

我所认为的天方夜谭竟然变为了现实。原来我一直都未曾考虑到，我和他们一家在对战争的感受和理解上竟如此不同。如今二十一岁的我还是个学生，在飞机制造厂混日子，再加上从出生起我就活在连绵的战火中，导致我过度夸张战争那神奇莫测的力量了。即便在这般激烈的战争惨况中，主导着人类蝇营狗苟的磁针依旧稳稳地指着一个方向。我一直以来不也清楚自己在谈恋爱吗，怎么没有意识到结婚这件事呢？我嘴角勾起了一抹怪异的冷笑，然后我又从头读起了信。

这次我胸中悄然滋生出一股极为俗套的优越感——我才是胜者。从客观上来讲我是幸福的，对此谁都无法责难。如此说来，就算是我，也拥有蔑视幸福的权利。

明明胸口塞满了不安与无法抑制的悲痛，我嘴角却始终挂着一抹自负又讽刺的微笑。把这当作一道小水沟跨过去就行了，把至今为止的好几个月全都当作黄粱一梦就好了。什么园子，就是个小丫头罢了，我从来都不曾爱过她。我只不过是在一丁点儿欲望（你这个撒谎精）的怂恿下骗了她而已，毕竟送上门来的没道理拒绝。只是接个吻而已，我完全无须对她负责。只要我这样想，就可以了。

"我根本没有爱过园子！"

我对这个结论感到洋洋得意。

好极了！我终究还是成了一个这样的男人，明明内心毫无爱意却诱惑了一个女人，等对方逐渐爱上我时却弃之不顾。这般的我完全称不上是一个正直又富有道德感的优等生吧？可是我并非不知道，没有哪一个色魔是未得逞之前就抛弃女人的……我闭上了眼睛。这个习惯就像死脑筋的中年妇女在听到不想听的话时，就会紧紧捂住耳朵一样。

接下来我只有一个任务，那就是想方设法给这门亲事制造障碍，宛如要去破坏情敌的亲事一样。

我打开窗叫了母亲一声。

夏日的阳光照射在宽阔的菜园上，到处都亮得刺眼。番茄和茄子的绿叶都干巴巴的，它们像是反抗似的刻意在太阳眼皮子底下挺直了身子。太阳又把滚烫的日光糊满了它们粗壮的叶脉。放眼望去，白花花的日光下菜园里一派郁郁葱葱的生命气象。远处的森林里坐落着一处神社，它隐匿在阴影里和我无言对视。我无法透视森林后面的低矮地带，但那里时不时地传来一阵微弱的震动，预示着有电车开过来了。

每当这时我就能看到电线上一路闪着火花，这是受电极摩擦后因干燥导致的静电现象。在夏空中厚实的云朵的映衬下，电线久久地晃动不停，似乎想要表达什么，又似乎只是机械摆动。

有顶系着蓝色带子的大草帽从菜园正中央冒了出来，正是母亲。我的舅舅——母亲的哥哥——的草帽都没有往后扭一下，就像蔫了的向日葵一般一动不动。

母亲自住在这里后稍微有点晒黑了，远远望去她那洁白的牙齿尤为醒目。她往前走了一段确保我能听到她的声音，然后用孩子般尖细的嗓门喊道："怎么啦？有事的话你自己过来吧！"

"我有很重要的事呢。您过来一下吧！"

母亲一脸不满，慢吞吞地挪了过来。她手上的篮子里装着熟透的番茄。不一会儿到了跟前，母亲一边把篮子放到窗台上，一边问我有什么事。

我没有给她看那封信，只是大概地说了一下信的内容。我一边说一边却渐渐不明白自己为什么要叫母亲过来了。我就是为了说服自己才在这里唠叨不停的,不是吗?什么我父亲爱挑人的毛病简直到了神经质的地步,我妻子要是和他在同一屋檐下那可要受罪啦;眼下我另立门户也不现实啦;园子的家人都很活泼,思想也很开明,而我们家风严谨古板,两者家风截然不同啦;最重要的是我也不想这么早成家立业开始奔波劳碌啦……我脸色毫无波澜,一一列举着俗套的不利条件,期待能得到母亲坚决的反对。但奈何我母亲是个性子温吞、胸怀宽广的人。

"总觉得这事儿有点奇怪呢,"她打断我说,看起来都不曾认真思考,"所以你到底什么想法呢,喜欢她还是讨厌她呢?"

"这个嘛,我呢……"我不由得言辞闪烁,"其实我并没有很当真。当初只是抱着一半儿玩玩的心态,谁知对方来真的,我也不知如何是好。"

"那不就好办了嘛。你尽快给人家说清楚,这样对你们双方都好,毕竟他们写信也只是稍微打探一下嘛。你给人家一个明确答复就行了……我要回去了啊,你没什么想问的了吧?"

"嗯。"

——我轻轻叹了一口气。母亲走到整齐排列的玉米地前的栅栏门那里时，却再次小跑着回到了我所在的窗前。她的脸色和方才截然不同。

"我说，刚才那个事，"母亲似乎变了一个人，看着我的眼神就像是女人见了不认识的男人一样，"就是园子小姐的事啊，你该不会……你已经……"

"说什么呢，您也真是的，"我笑了出来，觉得有生以来第一次笑得如此苦涩，"您觉得我会做那么愚蠢的事吗？你家儿子就那么没有信用吗？"

"我知道啦。慎重起见嘛，"母亲面色又明朗起来，不好意思地否认说，"为人母亲的都是这样嘛，活着就是为了操心那些事嘛。放心好啦，你很有信用。"

——那天晚上我写了一封婉拒的信，我自己都觉得看起来很虚假。我告诉他们太突然了，我目前还没有准备好走到那一步。然后第二天早上赶回工厂的途中，我去邮局寄出了那封信。当时加急信件窗口的女工作人员诧异地看了一眼我颤抖的手。我默默地盯着她用沾着污迹的粗糙的手公式化地在上面盖上印章。我的不幸受到了这种机械式的对待，这让我得到了些许安慰。

空袭的攻击阵地转向了中小城市。看起来暂时没有生命危险了。学生群体中逐渐盛行起了投降论。年轻的副教授也开始积极地在学生面前吐露一些富有暗示意味的见解，试图收揽人心。看到他翕动着鼻翼志得意满地鼓吹他那可疑的言论，我心下暗想，我可不会上你的当！另一方面那群坚信胜利即将到来的狂热信众，我同样白眼以对。无论是胜利还是战败，我都毫不在乎，我在意的只有自己能否获得重生。

一场不明原因的高烧使我不得不回到了郊外的家里。烧得神志不清的我一边盯着天花板，一边念经似的在心里反复低喃着园子的名字。终于病情好转我总算能起身了，这时却传来了广岛全城覆灭的消息。

"这是敌人的最后通牒了""下一个就轮到东京了"……人们议论纷纷。我换上白衬衫和白短裤，在街上不停游荡。似乎放弃挣扎了一般，行人的脸色反而都透着一股轻快。时间一点一滴流逝，什么事也没发生。四处笼罩着一种轻快的紧张氛围，宛如给饱满的气球一点点施加压力看它何时会爆裂一般。然而时间一分一秒过去依旧无事发生。就这样过了十几天，人们不由得怀疑是自己神经错乱了。

有一天，伴随着几声潦草的高射炮声，夏空中几架飞机潇洒地撒下了大量传单。上面刊登着日方申请投降的消息。当天傍晚父亲下班后直接来到了我们郊外的临时住处。

"喂，那个传单说的是真的！"

——父亲穿过院子，刚在走廊上坐下就开口说。随后他拿出一份复印的英文文件，告诉我说这是从消息可靠的人士那里听说的。

我接过那份复印件，无须细读就明白了一个事实。当然不是指战败这件事，而是说，从今往后唯独我，将在煎熬中蹉跎度日。人类的"日常生活"——光是听到这个名字我就忍不住浑身发抖，一直以来我都欺骗自己说它永远不会降临在我身上，可如今它却不容抗拒地逼近我，而我从明天开始被迫要投身其中。

第四章

※

意外的是,我所害怕的"日常生活"迟迟没有开始的迹象。社会中弥漫着一股内乱,人们对"明天"的抗拒程度,比起战争时期可谓有过之而无不及。

曾借给我大学校服的前辈从军队回来了,我便前去归还衣服。之后我不由得久久地陷入了回忆中,甚至还产生了一种错觉,仿佛自己已经从过去中彻底解脱出来了。

我的妹妹死掉了。当时我才知道,原来自己也是个会流泪的人,不觉有几分欣慰。园子相亲见了一个男子,之后就和对方订婚了。我妹妹死后不久她就举办了婚礼。我心里作何感想呢?可以说是犹如卸下了肩头的重担吧。我还为自己欢欣鼓舞了一番。我扬扬得意,因为不是她抛弃了我,而是我抛弃了她,所以这个结果也是再自然不过的了。

我那个经年累月的坏毛病如今已经达到了一种病态的自负地步——把宿命强加于我的东西牵强附会成我自身的意志,或者说我的理性获胜的结果。然而我唤作理性的东西有个特征，它总给人以非正统的感觉，仿佛它只是一个碰巧才坐上王位的冒牌的篡位者一般。这个篡位者犹如一只黔驴，甚至都没有预感到自己愚蠢的专制注定会遭到报复。

随后的一年里，我只是怀着一种不确切的乐观态度虚度光阴。敷衍地学习法律、在学校和家之间机械地重复着两点一线的生活……我不倾听任何人讲话，也没有人倾听我说话。我学会了在脸上挂着一抹年轻和尚般看破红尘的微笑，整个人宛如一具行尸走肉。我似乎早已忘记，忘记了纯天然的自杀，也就是在战争中死亡的夙愿早已无从实现。

真正的痛苦永远只会缓慢到来，好比是当病人觉得自己出现了肺结核的症状时，实际上早已病入膏肓了。

有一天，我发觉书店里的新书增加了不少，便站到书架前抽出了一本潦草粗订的翻译书。这部冗长的书出自法国某位作家之手。偶然翻到一页时，上面的一行字灼痛了我的双眼。当下心底涌上一股沉重的不安，我合上书本将之放回了架上。

第二天早上我突然又想起了这回事，便在上学时顺路绕到正门附近的书店买下了那本书。民法课开始后，我就把笔记本摊开做掩护，然后悄悄拿出那本书找到了昨天的那句话。再次读来我比昨天感到了更强烈的不安：

"……女人之所以拥有力量，完全取决于她们惩罚自己恋人的不幸的程度。"

在大学里我交了一个要好的朋友，他是一家老字号点心铺的公子。之所以和他意气相投，是因为乍一看是个勤奋的书呆子的他，却时常发表一些对人类或人生嗤之以鼻的见解，更重要的是他瘦弱的身板简直像是我的双胞胎兄弟。虽说我对世事也是一副犬儒风格①的态度，但相比之下他更具有一种纯良的强烈自信。我一直不明白他的自信是从哪儿来的。后来，也许他看穿了我还未经人事，居然向我吐露了他流连烟花柳巷的癖好，自嘲的语气中还夹带着一股扑面而来的优越感。接着他便邀请我同去。

"你要是想去了就给我打电话，我随时奉陪哟。"

"嗯，要是我想去的话……也许……很快……很快我就会下决心了。"我回答说。他不自然地耸了一下鼻子。看上去他对我的心情已经心领神会，而且受我感染他也回

---

① 犬儒学派（希腊语：κυνισμός，英语：Cynicism）是古希腊一个哲学学派，由苏格拉底的学生安提西尼创立，其信奉者被称为犬儒。该学派否定社会与文明，提倡回归自然，清心寡欲，鄙弃俗世的荣华富贵；要求人克己无求，独善其身。由此指代蔑视社会、愤世嫉俗之人。

想起了以前同样情形下的自己，不由得有些羞耻。可我却觉得很焦躁，因为我不想让他觉得实际的我并不是他眼中的那样，这是我的老毛病了。

所谓洁癖，实则是顶着欲望之名的一种随心所欲。然而我真正的欲望太过于不可告人，以致就连这种毫不掩饰的随心所欲我都无法做到。另一方面，我伪装出来的欲望——对女人感到的单纯又抽象的好奇心——却拥有着无关痛痒的自由，根本无需任性强求。而好奇心，是不需要什么道德的。甚至可以说，这是人类所能拥有的最为不道德的欲望。

我开始了可悲的秘密训练。就是一直盯着裸女图，以此来试探自己的欲望——当然我的欲望毫无反应，这是我早就十分清楚的。在照旧进行"恶习"时，我试着先清空脑子，再想象出女人最为淫荡的姿态。有时似乎挺成功的，可这份成功中包含着令人心碎的虚假性。

我咬咬牙一不做二不休，给朋友打了电话，约他周日下午五点在某个咖啡厅见面。这时战争结束后迎来的第二个新年已经过了半个月了。

"你终于下定决心啦？"他在电话另一端嘎嘎笑着，"好啊，我去，我一定会去的。你要是敢爽约我可不饶你啊。"

——挂了电话后他的笑声还回荡在我耳边。我知道自己只能报之以一抹僵硬的微笑,几乎谁都无法察觉。即便如此我内心还是抱着一缕希望,不,更确切地说那是一股莫名的坚信。这种坚信是很危险的。只有虚荣心才会让人以身犯险。就我而言,我的虚荣心来自绝不能让别人以为我都二十三岁了还是个处男。

想来我下定决心的那天正是我的生日。

——我俩一脸探究地盯着彼此。他也知道今天无论是摆出一副正人君子的做派还是哈哈大笑都同样滑稽可笑,所以只是挂着一抹意味不明的微笑,频频抽着烟,接着又开始说这家店的点心实在糟糕,漫不经心地发表了几句意见。我根本没有专心听,对他说道:

"你有没有做好觉悟啊?第一次带去那个地方的人将是你一辈子的朋友呢还是一辈子的仇敌呢,这可很难说呀。"

"你可别吓我。如你所见我可是很胆小的,不过我可不适合做什么一辈子的仇敌。"

"没想到你这么了解自己,可真让人感动!"

我故意用居高临下的口吻说道。

"先不说这个,"他摆出一副主持人的神态,"我们得找个地方喝点酒再去。第一次去的人要是不壮壮胆的话恐怕不行。"

"不用了,我不想喝酒,"我感到自己脸颊发凉,"我一定要清醒着去。我就是这么有气魄。"

之后我们坐上昏暗的城市电车,又换乘昏暗的私营地铁,经过一条陌生的街道,在一处遍布棚屋的寒酸角落停了下来。女人们的脸笼罩在红红紫紫的电灯下,看上去像是纸糊的戏剧道具一样。嫖客们一言不发地在霜融化了的泥泞小路上来来往往,脚步声像是光脚踩地一般沉闷。我心里仍然没有一丁点儿欲望,有的只是一阵阵的不安,这种不安简直就像是着急向我索要零食的孩童一样,丝毫不给我喘息的时间。

"哪里都行呢,人家说了哪儿都行嘛。"

"轻点儿,轻点嘛……"耳边传来女人做作的、状似痛苦的呻吟,我不由得想立马逃走。

"那家的妞儿可不好对付,你要小心了,看她那张脸。不过那边一家倒是相对安全点儿。"

"脸孔什么的我不在乎。"

"行吧，那我可要相对地选个美人①啦，之后你可别怨我。"

——我们两个一走过去，两个女人就像被附身了一样蓦地站了起来。这个家很狭小，头顶几乎要挨着天花板。有个操着东北口音的高个女人满脸堆笑，嘴里的金牙和牙龈都在冲我打招呼。我被她带到了一个有三张榻榻米大的小屋里。

作为男人的义务观念驱使我抱住了她。就在我揽着她的肩膀想要亲下去时，怀里的女人笑了起来，带动着厚实的肩膀都在晃动。

"不行哟，会沾上口红的呢。你得这么做。"

说着她张开嘴，我看到镶着金牙的血盆大口里直挺挺地伸出了一条结实的舌头。我也照着她的样子伸出了舌头。两只舌尖碰到了一起……旁人无法明白我此刻的感受，明明我毫无知觉却痛得无法呼吸。这种强烈的、同时又感知不到的疼痛让我浑身麻木。我一下倒在了枕头上。

十分钟后我明白了自己的无能。羞耻感让我双膝打战。

我假设朋友并没有察觉到我的异样，这么想着，在

---

① 原文为德语Schöne，过去的学生用语，即"美人"。

后来几天里我放任自己沉浸在好比痊愈后的自甘堕落感之中。类似于一个害怕得了不治之症的人在被确诊后，反而暂时放下心来。当然他很清楚此刻的安心只不过是暂时的，甚至他心底还准备好了迎接更为绝望的安心感，彼时他将走投无路，却也正因此得以永远安心下去。我也一样吧，我也在等着一场让我走上穷途末路的打击，换句话说就是等着彻底死心。

之后一个月，我和这个朋友在学校里见了好几次，但谁都没提起那件事。一个月后他带着我的一个密友一起来拜访，这个密友也很好色，总是劲头十足地扬言十五分钟就能把女人搞到手。不久，我们的话题还是落到了那个心知肚明的事情上。

"我可忍不了了，自己弄又不过瘾。"好色鬼学生盯着我说道，"要是我的朋友里有人是impotenz①的话，我可是很羡慕他呢，岂止是羡慕，我还肃然起敬呢！"

朋友看到我脸色变了，便顺势转移了话题：

---

① 德语，意为男人性无能。

"你说好了要借我普鲁斯特①的书对吧,那书有趣吗?"

"啊,可有趣啦。普鲁斯特是个索多玛②男呢,和自己的男仆有一腿。"

"什么?索多玛是什么?"

我装作一副听不懂的样子,试图借这个小提问来验证他们没有察觉出我的失态。我明白自己只是在拼命挣扎罢了。

"索多玛男就是索多玛男嘛。你不知道吗?就是男同性恋。"

"我还是第一次知道普鲁斯特是那种人呢。"我声音发颤,仿佛发火的话倒恰好让对方抓住证据一样。自己竟然能够保持一副可耻的平静模样,我自己都觉得很可怕。很明显我朋友已经嗅出了一切。也许是心理作用吧,我总觉得他在克制着自己不看向我。

晚上十一点,这个可恶的访客终于回去了,我把自己关在房间里直到天亮。我不停地啜泣着,最终还是照旧在

---

① 马塞尔·普鲁斯特(Marcel Proust,1871—1922),是20世纪法国最伟大的小说家之一,意识流文学的先驱与大师,也是20世纪世界文学史上最伟大的小说家之一。代表作有《追忆逝水年华》等。

② 见"前言"脚注①。

脑海里展开了一场血腥幻想，才得到一些安慰。我放任自己沉沦在这场最为触手可及且最为熟悉的残忍幻想中。

我需要安慰。我开始频频出现在过去的老朋友们在家举办的聚会中，尽管我知道那里的交谈十分空洞，也知道过后我只会觉得乏味不已。但原因在于，和大学朋友不同，聚会上的人都自诩体面人，我反而更觉安心。那里有优雅做作的大家闺秀、女高音歌手、未来的女钢琴家以及新婚不久的夫人们。我们跳跳舞喝喝酒，时而做一些无趣的游戏，时而玩起带着几分色情意味的捉迷藏，有时聚会一直持续到天亮。

天快亮的时候，我们有时甚至跳着跳着就睡着了。为了驱散睡意，我们常常会玩下面这个游戏，即先在地板上铺几张坐垫，然后大家围成一个圈跟着唱片机的音乐跳舞，接着再突然停下音乐，以此为信号大家立马四散开来，男女一组坐在同一张坐垫上，坐错的人就要被罚表演自己的拿手好戏。本来站着跳舞的人群顷刻间拥挤着坐在坐垫上，所以场面十分混乱。这样来回玩了好几次后，女人们也逐渐顾不上自己的仪容了。最漂亮的那个大小姐在拥挤中一屁股摔在了地上，裙子也随着动作不小心卷到了大腿上，但她可能是喝醉了，对此毫无知觉仍然笑呵呵的。那双大腿真是十分白皙又富有光泽。

如果是以前的我,想必会施展起不曾有片刻忘记的演技,效仿其他习惯了克制自身欲望的青年立马移开视线。可是从那天起,我就再也不是以前的我了。当时我内心没有一点儿羞耻——具体说就是对于自己丧失了天生的羞耻感这件事,我毫无半分羞耻——我一直盯着那双白腿,仿佛那不过是一个物件一样。忽然我心头又涌上一阵苦涩,这是凝视过程中逐渐产生的感觉。这阵苦涩仿佛在说:"你算不上是个人,因为你丧失了人际交往的能力。你是某种非人的、奇妙又悲哀的生物。"

恰好这段时间我忙着准备公务员考试,不得不尽可能地把自己关起来埋头于枯燥无味的学习,因此自然而然得以逃离那些令我身心交瘁的事情。然而这只限于一开始的时候。和之前毫无两样的一夜过去了,心头的无力感渗透到了生活中的每个角落,我心底沉闷不已,连着好几天什么事都不想做。必须做点什么来证明自己的"能力"!这个念头一天比一天强烈起来。如果证明不了的话我简直要活不下去了。可话虽如此,我怎么也想不出办法来对付自己与生俱来的非道德性质。哪怕是一直以保守妥当的形式也好,这个国家中根本不存在什么机会可以让我满足自己异常的欲望。

又是一年春天，我外表平静无波，实则内心的狂躁已几欲喷薄而出。这个季节的风十分喧嚣，扑面而来的沙子毫不掩饰对我的恶意。如果有汽车与我擦身而过，我都会在心里破口大骂："为什么不撞死我呢？"

我走火入魔般埋头苦读，行尸走肉般生活着。学习之余，我顶着一双布满血丝的眼睛去街上晃荡，好几次都察觉到别人用怪异的眼光看着我。在世人眼中我每天都过着严谨自律的生活，但只有我知道自己是如何自甘堕落与放浪，懒懒散散地过一天算一天，此间种种侵蚀着我的灵魂，徒留我万般疲惫。在春天接近尾声的某个午后，我乘坐市内电车时，不经意间一抬眼，霎时心头一阵清新的悸动袭来，我几乎忘记了呼吸。

隔着站着的乘客，我竟然看到园子坐在我对面的位子上。透着几分稚气的眉毛下，那双眼眸是如此深邃温柔，闪着率真又得体的光芒。我差点儿站起来。此时站着的一个乘客松开吊环，转而向车门方向走去，我顿时完整地看到了这个女人的脸。原来不是园子。

胸口依然怦怦乱跳。虽然我可以轻易地把这份心动解释为自己只不过是吓了一跳，或者说感到有些内疚而已，但却无法否认那一瞬间心头像被什么撞了一下，只觉一片清明。那一瞬间我回到了三月九日早上见到园子的那个站台，昨日今朝完全重合，仿佛中间不曾隔着这么久的岁月，甚至心头那股几乎击垮我的悲痛也是如此熟悉。

这个微不足道的小插曲一直铭记在我的脑海中，后来好几天我都神志恍惚，感觉自己再次活了过来。不可能，我不可能还爱着园子！毕竟我并不具备爱女人的能力啊！然而此刻这种反省却开始抵抗起我来。明明昨天之前，这种反省还是我忠实又顺从的唯一挚友。

就这样，回忆重新夺回了支配我的权力，这场政变带给我的痛苦是如此鲜明刻骨。恰似一个长大后突然出现的私生子，这些"琐碎"的记忆理应在两年前就被我处理掉了，此时却再次以势不可当的形势卷土重来。它们既不像当初那般具有一种我虚构出来的"甜美"，也不像后来我为了便于整理而刻意加工那般公式化，有的只是一股清晰的苦涩贯穿在记忆的角角落落。倘若这股苦涩源自悔恨的话，我倒还能向众多前人学习如何忍耐。然而它连悔恨都不是，这股痛苦是如此尖锐刺骨，就像是被人强逼着从窗口往下看毒辣的夏日下街道上的光与影是如此泾渭分明。

梅雨时节某个阴沉沉的午后，我到麻布县办完事后顺便在街上散步，毕竟平日不怎么来这边。突然身后有人叫我的名字，回头一看竟然是园子。可我却并没有像那天在电车里认错她时那般震惊。此刻的邂逅是如此自然，仿佛我早已预知了一切，也许从很久之前我就明白这一刻总会到来。

园子穿着一件碎花连衣裙，款式时尚，宛如一幅壁纸，只有胸口衣领处缀有一圈蕾丝，看上去并没有十足的夫人派头。大概是刚从物资配给所回来，她手里提着一只桶，身后跟着的老女仆也提着一只桶。园子让老女仆先行回去，然后和我一边聊天一边走着。

"您好像清瘦了不少呢。"
"啊，这个嘛，最近忙着准备考试。"
"这样啊，您可要注意身体呀。"

随后片刻我们谁都没说话。遭受战火洗礼后的街道上冷冷清清地坐落着几处住宅，稀薄的阳光逐渐洒落下来。有户人家的厨房口走出了一只湿漉漉的鸭子，它一边叫唤着一边摇摇摆摆地经过我们面前，往水沟那边走了过去。顿时一股幸福感融化在我心间。

"你现在在读什么书呢？"我开口问园子。

"小说吗?《食蓼之虫》①和……还有……"

"没有读《A》吗?"

我问起了如今正流行的小说。

"有光溜溜女人的那本吗?"园子说。

"啊?"我惊讶地反问道。

"您真是的……就是书皮上的画呀。"

——两年前的园子是不会当着我的面说出"光溜溜女人"这个字眼的。这句不起眼的话让我明白了园子已经不再是那个纯洁的少女了,只是这个领悟是如此令人痛楚。走到拐角处时园子停了下来。

"拐过这个角,尽头处就是我家了。"

分别让我心头很难受,我垂下眼睑,转而看向她手中的桶。里面装满了魔芋,颜色就像是海边晒日光浴的女人的肌肤一样。

---

① 日本作家谷崎润一郎(1886—1965)的小说,讲述貌合神离的斯波要与美佐子夫妻二人从起意到确定离婚的过程。关于书名,作者有一段解释:"调查一下,发现中国谚语'蓼虫不知苦'是日本谚语的元祖……此谚语好像是嗤笑爱的人沉溺于爱,不觉察对方的缺点,但日本把本来的意思略加引申,很多时候也用于人各有秉性,所以应该任个人所好,他人不要干涉。总之,我用作小说的题目是依照后者的解释。"

"要是在太阳下晒太久的话,魔芋会变质呢。"

"是啊,我的责任可是很重大的呢。"园子扬声说道,带着一丝鼻音。

"再见。"

"嗯,祝您一切都好。"园子转过了身。

我叫住了她,问她是否还回老家,她一脸平静地回答说本周六会回去。

分别后,我意识到了一个自己一直都不曾察觉到的重要之事,那就是园子看起来似乎已经原谅我了。为什么要原谅我呢?没有什么比她的宽宏大量更能让我感到侮辱了吧?不过话说回来,也许再明确地被她侮辱一次的话,我的痛苦也能够被治愈吧。

我翘首企盼着周六的到来。恰好草野也从京都的大学回到自己家了。

周六下午我去拜访草野,正在聊天时突然传来一阵钢琴声,我几乎以为自己听错了。耳中的钢琴声已褪去稚嫩变得丰富奔放,饱满又闪耀。

"谁啊?"

"是园子。她今天回家了。"

毫不知情的草野回答说。一时间，那些让我备感苦涩的记忆尽数涌上心间。自那以后草野不曾提起半分我那时的婉拒，这份善意压得我心头沉甸甸的。我想要找出一些迹象证明园子那时心中也有哪怕一丝的痛苦，好为我的不幸找到某种对应。然而"时光"再次在草野和我以及园子之间如杂草般疯长，它不允许我在不怀有任何自尊、要强和顾虑的情况下对他们一吐衷肠。

钢琴声停了下来。草野试探着问我要不要带园子过来。片刻后园子便跟着哥哥进来了。我们聊起了园子丈夫供职的外交部里某个熟人的八卦，毫无意义地大笑着。一会儿草野被母亲叫了出去，房间里只留下了我和园子二人，一如两年前的那一天。

园子得意地跟我说起在自己丈夫的一手包揽下，草野家的财产才免于被充公，话语间带着一股孩子气。从她还是个少女的时候我就喜欢听她炫耀。虽说过于谦虚的女人同傲慢的女人一样毫无魅力，但园子那率性又恰到好处的炫耀中，却弥漫着一股天真的女人味儿，令我不禁心生愉悦。

"说起来，"园子静静地开口说，"我有一件事想问您好久了，但一直都没能说出口。为什么我们两个没能结婚呢？自从哥哥告诉我您的答复后，我突然就搞不懂这个世界了。我每天都想啊想啊，但还是想不明白。就算现在我也不明白，为什么我没能和您结婚呢……"说完后园子又扭过脸，我只看到她有些涨红的半边脸似乎透着怒气，她像是朗读文章一般硬邦邦地问我："您当时讨厌我吗？"

这个单刀直入的问题听起来像是例行公事时的询问，然而落在耳中却使我感到一股凄楚的强烈喜悦。可是转眼间这股卑劣的喜悦又转变为一种极为微妙的痛苦。除了我应该承受的痛苦之外，其中还夹杂着别样的痛苦，我没想到再次翻起两年前那些"微不足道"的旧账竟能让我如此痛不欲生，这让我的自尊心大受打击。我本希望自己能在园子面前做到对一切都无所谓，可事实告诉我自己依然没有那个资格。

"你对这个世界还一无所知。不过不谙世事也正是你的优点。可是你听我说，这个世界上并不是所有有情人都能终成眷属的。我给你哥哥写的信里也是这么说的，更何况……"我发觉自己要说一些没出息的话了，我想让自己闭上嘴，可它却不受我控制，"……更何况，我在那封信里根本没说不能结婚之类的话。只是我当时才二十一，还是个学生，而且事情也太过突然罢了。就在我磨磨蹭蹭的时候,没想到你就早早结婚了。"

"那我也没有后悔的权利呀。我夫君爱我,我也爱他。我现在真的很幸福,除此之外已经不奢求任何事了。只是,我知道这样想也许很不好,有时候……怎么说好呢,我会想象有另一个自己在过着另一种生活,每当那时我就很茫然,觉得几乎要控制不住自己去说一些不该说的话,去想一些不该想的事,我害怕得不得了。但那时候我夫君总能成为我的依靠,他就像对待孩子那样非常宠爱我。"

"虽然听起来很自恋,但你尽管说出来吧。那时候你一定很恨我,恨得不得了。"

——可是园子连"恨"是什么都不知道。她只是板着脸温和地呛了我一句:"随您怎么想。"

"我们能不能再见一次?就我们两个。"我鬼使神差地发出了哀求,"这完全说不上是什么见不得人的事。只要能让我看看你的脸我就心满意足了,我已经没有资格再说什么了,就算你不说话也可以,只待三十分钟就够了。"

"见面之后您当如何?见过一次后或许还要再见一次。我婆婆是个很难对付的人,从我去了哪儿到什么时间去的,她都会一一盘问。要是我这样提心吊胆地去见您,倘若……"她停顿了一下,"毕竟人心这种东西,谁也说不清呢。"

"这有什么?谁都不会说什么的。不过话说回来你还是老样子啊,总爱夸大其事。何妨以一种更乐观、更简单的想法去考虑事情呢?"我大言不惭地撒着谎。

"……你们男人自然不用想那么多。但是结了婚的女人可不能那样啊,等您有了妻子后您就知道了,到时您就明白我现在再怎么谨言慎行都不算过分呢!"

"你可真像是个姐姐在教育人呢。"

——这时草野进来了,我们的谈话就此中断了。

我在和园子交谈时,心间怀着一团乱糟糟的疑惑。我发誓想见园子这种心情绝对是真切的,而且其中不掺有半分肉体欲望也是明摆着的。可这样一来,又该如何解释想见她这股渴望呢?很明显这股炽热的感情中不沾染一丝肉欲,难道这只是欺瞒我的错觉而已吗?就算这确实是一种狂热的冲动,也许它本来只不过是可以轻易扑灭的微弱火苗,在自己的刻意夸张下才被哄抬起来的。更何况这世上根本不存在不掺杂任何肉体欲望的爱吧?这很明显就是一个悖论呀。

然而我又转念一想，如果说人类炽热的情感拥有颠覆一切悖论的力量，那么就算是关于它本身定义的悖论，这股炽热的情感也足以颠覆它吧。

****

经过那个决定性的晚上后，在生活中我就开始巧妙地躲开女人。别说是能够真正勾起我欲火的ephebe的唇，就连女人的唇我也不曾触碰一下，即便在某些局面下不和人家接吻反而会很失礼。转眼入夏，我的孤独比起春天愈发无处安置。盛夏在我欲火的奔马上狠狠甩了一鞭子，它灼烧着我的肉体，使我备受折磨。为了保身，我有时一天内需要来上五次恶习。

赫希菲尔德的学说启蒙了我，他认为性向倒错现象完全只是个生物性现象而已。如此说来那个决定性的晚上也是意料之中的，我并不用为这个结果感到羞耻。虽然我嗜好把青年男性作为幻想对象，却一次也不曾发展为pedicatio①，我早已习惯将之封锁在自己的脑海中，而这种形式也已经被研究者证明是具有普遍性的。而且一般

---

① 拉丁语，男色。

来说，在德国像我这样的性冲动是并不罕见的。比如普拉滕①的日记就是一个再明显不过的例子。温克尔曼②也是如此。就连在文艺复兴时期的意大利，很明显米开朗琪罗③也拥有着和我同种类型的冲动。

可是单凭这些科学性的了解，依然无法理清我心头的杂乱。幻想中的性倒错现象之所以难以付诸实践，全都因为我的这种幻想仅仅止步于肉体带来的刺激，或者说仅仅停留于阴暗的性冲动而已，它们只是徒劳地尖叫着、喘息着。即便是带给我无限愉悦的青年男性，他们能做的也仅仅是挑起我的欲火而已。浅显地说，我的灵魂依旧属于园

---

① 普拉滕（August Platen，1796—1835），德国诗人。普拉滕生于破落贵族家庭，1815年参加反拿破仑的民族解放战争。他运用古体诗、罗曼语诗和东方诗歌的技巧创作十四行诗和叙事谣曲，格律严谨，形式高雅，语言优美，具有民主主义思想和社会批判精神。普拉滕同时也是名同性恋者，写有大量赞美男性之美的诗句。

② 约翰·约阿辛·温克尔曼（Johann Joachim Winckelmann，1717—1768），德国美学家、美术史家。他开辟了一条以造型艺术为主要研究对象的美学新途径，从观察古代艺术理想得到启发，经过批评的中介，而达到美学的理论高度。

③ 米开朗琪罗·博那罗蒂（Michelangelo Buonarroti，1475—1564），意大利文艺复兴时期伟大的绘画家、雕塑家、建筑师和诗人，代表作有《大卫》《创世纪》等。

子。当然我并非相信"灵肉相克"这种中世式的言论,只是为了便于说明才这么讲的。就我而言,这两者之间存在着简单又鲜明的断裂。园子仿佛是一个化身,象征着我对正常人性、对精神层面、对永恒之物的爱。

可是这样还不够,问题依旧没有得到解决。感情这个东西并不存在什么固定不变的秩序。倒不如说,它就像以太①中的微粒子,肆意地跳来跳去,不时浮动着、颤抖着。

……一年后我和园子都醒悟了。我通过了公务员考试,大学毕业后就职于某个政府机构负责行政事务。在这一年里,我和她来回见了好几次,有时装作恰好碰见,有时借称要办一些实际上并不怎么重要的事情,频率是两三个月一次,而且都是在白天,我们平静地见面,待一两个小时后又平静地分别。仅此而已。我言行坦荡,不惧被任何人撞见。园子除了稍微说一点儿往事以及不失分寸地打

---

① 以太,英文名"Ether",是古希腊哲学家亚里士多德所设想的一种物质。古希腊人以其泛指青天或上层大气。在亚里士多德看来,物质元素除了水、火、气、土之外,还有一种居于天空上层的以太。在科学史上,它起初带有一种神秘色彩。后来人们逐渐增加其内涵,使它成为某些历史时期物理学家赖以思考的假想物质。

趣一下我俩如今的处境之外，也不曾越雷池一步。这样的我们当然说不上"有一腿"，甚至连说"有来往"都不太恰当。我们见面时，脑子里也只有一个念头，那就是分别时要体面一些。

这样我就满足了。不仅如此，这种随时都可能断绝的关系给我一种神秘的丰富体验，冥冥之中我心底怀着万分感激。我几乎没有一天不在想着园子，每次见面后我也得以安享片刻的幸福。这种密会赋予我的微妙的紧张感与干净纯粹的规律感渗透到了我生活的各个角落，我的生活随之具有了一种不堪一击却又极为清明的秩序。

遗憾的是一年后我们都幡然醒悟了。我们早已不再是住在孩童房间里的人了，如今我们彼此身居成年人的房间，如果那里的门开不了又关不上，就必须得付诸修理。换句话说，我们之间的关系就像一扇只能开到一定程度的门，早晚都需要处理。更何况成年人可不像孩子，是忍受不了这种单调的游戏的。一直以来我们的幽会不过是完美重叠的一沓纸牌罢了，每一张都是由模具印出来的，有着一样的尺寸与一样的厚度。

然而在这种关系里，我还充分体味到了一种不道德的喜悦，这种心情只有我自己才懂。它比世间常见的悖德要更为微妙，甚至可以说像精巧的毒药一样干净纯粹。我的本质，也就是说我最根本的定义是个失德之人，可是我却做着颇有道德感的事，在男女关系上问心无愧，手段光明正大，谁不称我为情操高洁之士呢？此间种种像是献宝似的在失德背后给我带来了一种隐秘的滋味，一种犹如恶魔般的滋味。

我和园子彼此都伸直了手支撑着某个东西，然而这个东西近似于某种气体，信则有，不信则无。支撑它的操作乍一看没什么难度，但要维持这个状态实际上必须得进行周密的谋划。我先将虚构的"正常性"倾注其中，接着展示出一副我时时刻刻都在冒着危险支撑着"爱"的样子，并诱使园子也参与到这份近乎虚假的"爱"中。园子对这个阴谋毫不知情，看上去她已经沦为了我的同伙。正因为她一无所知，所以她的助力才是有效的。然而，某个时刻园子突然隐约发觉这份危险已然让她难以抽身，它如此难以名状、精确又拥有强大的密度，和世间常见的、粗略意义上的危险有着似是而非的面孔。

晚夏的某天，我和园子约在"金之鸡"这家餐厅见面，她刚从高原上的避暑胜地回来。一见面，我就把自己从政府机构辞职一事的前因后果都告诉了她。

"那您以后有何打算呢?"

"顺其自然吧。"

"哎呀,您真是的。"

园子没有进一步说下去。我们之间早已形成了这样的交谈模式。受了高原上的骄阳灼晒,园子胸口一带的肌肤不复白皙。戒指上那颗大得过分的珍珠蒙了一层热气显得有些暗。她清亮的声音里本来就糅合着一种音乐般的哀切和慵懒,听起来倒是和此时的季节十分相称。

我们一时间再次聊起了一些空洞的话题,漫不经心地绕着圈子。也许是天气太过炎热,有时我觉得翻来覆去就那么几句话,甚至有种在听别人交谈的错觉。此时的心情就像是即将从美梦中醒来时迫切想要再次回到梦境中,可是种种努力下最终反倒毫无睡意。这败人兴致又势不可当的觉醒让人倍感不安,心头空余美梦初醒前的一抹虚无快感,种种感受就像是某种恶性病菌一样侵蚀着我和园子的心灵。仿佛是商量好了似的,这个疾病几乎同时侵入了我们两个的心房。不过却起了相反的作用,我们开始精神起来,一句紧接一句地来回说起了玩笑话。

园子梳着高高的优雅的发式,稚气的眉毛、温柔水润的眼眸以及些许饱满的唇瓣都一如往常,尽管晒黑的肌肤破坏了几分美感,但整体仍然洋溢着静谧的氛围。餐厅里的女顾客在通过我们桌子旁边时都不禁多看她几眼。服务员端着银盆来回穿梭着,盆中一只巨大冰雕天鹅的背上盛着冰镇甜点。这时园子那戴着戒指的手指拨了一下手提包上的塑料搭扣,发出了一道细微的声响。

"开始觉得无聊了吗?"
"您怎么能这么说呢,讨厌。"

不知为何她的语气里暗含着一股说不清的疲倦感,或者也可以将这个形容词替换成"娇艳"。随后园子将视线移向了窗外夏日下的街道,缓缓开口说:

"有时我很不明白。一直以来我为什么要和您相见呢?而且明明心里不明白,为什么每次还偏偏来赴约呢?"

"也许你觉得,和我见面这件事起码不是一个毫无意义的负号吧,尽管它明摆着是一个毫无意义的正号。"

"可我是一个有夫之妇呀。就算是毫无意义的正号,它对我也是无用的啊。"

"你的数学能力真是堪忧呢。"

——我明白园子终于来到了怀疑之门的入口。她开始觉得,不能再对这扇半开半闭的门放任不管了。这种一丝不苟的敏感,或许如今在我和园子共通的心境中占据了绝大部分。也许到某个年龄时我就能做到对一切都听之任之了,可惜目前还很遥远。

话虽如此,但我一下子印证了某件事:我内心难以名状的不安悄无声息地传染给了园子,并且唯独这股不安才是我和她之间唯一的交点。园子再次开口了。我想捂住自己的耳朵,可我的嘴巴却轻率地接了话茬。

"您可曾想过我们一直这样下去的话会有什么结果吗?您不觉得我们两个都会被逼得进退两难吗?"

"我对你表现得很尊敬,不管对谁我都问心无愧。朋友之间见个面怎么啦?"

"在今天之前我是这样想的啊,正如您方才所说。我觉得您行事很光明磊落。但是我看不透我们的未来呀。明明我也没做什么见不得人的事,但总是会做一些可怕的噩梦。那时我就感觉这应该是神在惩罚我未来会犯下的罪。"

"未来"这个字眼沉甸甸地落在耳中,我不禁打了个寒战。

"要是一直这样下去的话，总有一天我们都会陷入痛苦之中。那时候不就为时已晚了吗？所以说我们简直是在玩火啊！"
"那你觉得玩火指的是哪些事情呢？"
"应该有很多吧。"
"我们这样也称得上是玩火吗？我看倒不如说在玩水。"

园子没有发笑。说话间隙她紧紧抿着唇。

"这段时间我开始觉得自己是个可怕的女人。我打心眼儿里觉得自己是个精神肮脏的坏女人。除了夫君，我必须对其他人断绝所有奢念。就在这个秋天，我下定决心要接受洗礼了。"

园子半是自我陶醉半是散漫地吐露了真心，不过我遵循女人总是言不由衷的定律，反而推导出了她潜意识中的渴求——把心间种种一吐为快，哪怕都是些不能说出口的话。可对此我没有权利喜悦，更没有资格悲伤。毕竟我对她的夫君毫无嫉妒，所以无论是权利还是资格，对其如何运用、是肯定还是否定，我又从何谈起呢？我能做的只有沉默。盛夏的日光里，我看着自己泛白的瘦弱手指，心中一片死灰。

"现在怎么样？"

"现在？"

园子垂下眼睑。

"现在你心里想着谁？"

"……当然是我夫君了啊。"

"那你不就没必要接受洗礼了吗？"

"当然有！……因为我很怕。我觉得自己心里还是不够坚定。"

"那么，现在呢？"

"现在？"

像是不知对谁发问那样，园子抬起头一脸认真地说。那双世间罕见的美丽瞳孔好似一汪泉水，低吟浅唱中诉说着她的心意，给人一种深邃又永恒的宿命感。只要一被这双瞳孔盯住，我就会丧失语言能力。突然我伸长胳膊把吸了半截的香烟摁灭在了稍远处的烟灰缸里，不小心碰倒了细长的花瓶，一时间桌上成了一片小水洼。

服务员过来收拾残局。我和园子看着他擦拭着被水浸得皱巴巴的桌布，内心无限悲凉。借着这个机会，我和园子比以往稍微提早一些出了店。夏季的街道上一片嘈杂，人们步履匆匆。那些正常的情侣袒露着胳膊，昂首挺胸地穿梭在人群里。我觉得眼前的一切都是对我的侮辱，就像是盛夏的烈日般烧得我浑身火辣辣的。

距离我们分别的时刻还有三十分钟。我确实觉得分别让我很痛苦，可是准确来说心里还有一种极易与炽热的感情混淆的、晦暗的、神经质般的焦躁，促使我想要用浓重的油彩把这三十分钟涂得密密实实的。来到一处舞厅前时我停下了脚步，狂热的伦巴旋律经由音箱激荡在大街上的每个角落。我忽然想起了以前看过的某个诗句：

……无论如何，
这都是一支永不谢幕的舞曲。

剩下的我不记得了，作者应该是安德烈·萨尔蒙[①]。园子低着头，跟着我走向了她并不熟悉的舞池，准备好了以

[①] 安德烈·萨尔蒙（André Salmon，1881—1969），法国诗人、小说家。

跳舞告别最后的三十分钟。

舞池内一片混乱,明明是舞场的午休时间,那些常客却擅自将之延长了一两个小时,依旧不知疲倦地舞动着。湿热的蒸汽满满糊了我一脸。年久失修的通风装置再加上隔绝阳光的厚重窗帘,场内充斥着一股浑浊沉闷的热气,灯光照耀下雾一般的尘埃在空气里缓慢浮动。周遭的客人坦然自若地跳着舞,完全不在意自己身上散发出的汗味、劣质香水与廉价发胶的气味,这些无声中暗示了他的职业。我开始后悔带园子来这里了。

可是此时的我已经无法回头了。虽然兴致缺缺,可我们还是拨开人群走了进去。稀稀拉拉的几架风扇有气无力地送着风,一名穿着夏威夷花衬衫的年轻人和舞者跳着贴面舞,完全不顾彼此都是一脸汗津津。舞者的鼻子周围黑乎乎的,脸上浮起的白粉混着汗液,看上去像是长了小疙瘩一样,她裙子后露出的后背脏兮兮又湿乎乎的,比我之前弄湿的桌布还要惨不忍睹。我犹豫着是跳呢还是不跳呢,胸口处也闷出了汗。园子快速地吐了一口浊气,看上去也很难受。

为了呼吸点儿新鲜空气,我们穿过缠绕着不合时令的假花的拱门来到了中庭,然后在粗糙的椅子上坐下休息。随即我发现,这里的空气确实清新,可照在水泥地上的毒辣日光竟把阴凉处的椅子烤得滚烫不已。口腔里残留着可乐黏糊糊的甜腻味。眼前的一切都让我十分受辱，想必一言不发的园子也感受到了同样的刺痛。我受不了这股难熬的沉默，不禁环视了一下四周。

有个胖姑娘静静地靠在墙边，用手绢在胸前扇着风。爵士乐队演奏的快四舞曲震耳欲聋。中庭处盆栽里的土已经晒出了裂纹，里面的枞树也一副要倒不倒的样子。阴凉处的椅子上挤满了人，反观向阳处的椅子那里到底是没有勇士敢坐下。

可是唯独有一拨人走到那里坐了下来，还旁若无人地谈笑起来。那是两个姑娘和两个小伙子。其中一个姑娘用不甚熟练的手势夹着香烟故作姿态，每吸一口就微微咳嗽一下。她们两个都穿着似乎是用浴衣改制而成的怪异的连衣裙，明晃晃地袒露着臂膀。那双胳膊红彤彤的，粗壮得仿佛出身于渔民家庭，上面还布满了蚊虫叮咬的痕迹。每当两个小伙子说起粗俗的笑话的时候，她们就对视一眼然后做作地娇笑起来，看起来一点儿也不在意毒辣的骄阳正炙烤着她们的头皮。其中一个小伙子穿着夏威夷花衬衫，有些苍白的面孔上透着几分阴险，不过他的胳膊倒是挺健壮的。他嘴角不时地隐隐露出一丝猥琐的微笑，然后又迅速收敛起来。他时不时用手指捣一下姑娘们的胸口，逗得她们咯咯直笑。

再看另一个小伙子，我顿时无法移开视线了。他二十二三岁，肤色微黑，五官粗犷却不失英挺。此刻他赤裸着上身，正在把一条被汗浸湿的、漂白布制成的浅灰色束腹带重新系在身上。只见他不时地在同伴们交谈时插一嘴，和他们一起哈哈大笑，一边仿佛刻意似的慢条斯理地卷着束腹带。光裸的胸前两块隆起的胸肌饱满又紧致，深刻立体的肌肉线条顺着胸膛中央一路蜿蜒到腹部，侧腹处好似麻绳纹理一样排列分明的肌肉群呈现从两边逐渐收窄的形状。他把那条脏兮兮的束腹带一圈圈地绕在他光滑厚重又热气腾腾的胴体上，每缠一圈就勒紧一分。小麦色的赤裸肩膀仿佛涂了油一般闪着光泽，腋下褶皱处冒出的黑草丛在日光下打着卷儿，闪着金色的光。

当我看到这个景象，尤其是看到他结实的臂膀上还文着牡丹花的刺青，一股欲火瞬间升腾而起。我目不转睛地用炽热的眼神爱抚着这副强壮野性同时又美得无与伦比的肉体。他在烈日下笑着，向后仰身时粗大的喉结凸显了出来。我胸中涌动着一股说不清的悸动，我觉得自己已经无法从他身上移开视线了。

园子早已被我抛之脑后，我此刻只想着一件事：他就这样赤裸着上身走到烈日下的街道上，然后和那些地痞进行决斗。锋利的匕首刺透那条束腹带,紧接着又深深刺进他的胴体里,顷刻间那条脏兮兮的束腹带就被血水浸透,染上了美不胜收的色彩。随后他血迹斑斑的尸体又被抬到门板上,再次送回我这里……

"还剩五分钟了呢。"

突然园子清脆哀切的声音灌入耳中。我仿佛很诧异似的扭头望向园子。

一瞬间我觉得自己被某种残酷的力量撕成了两半,恰似一声滚雷落下,把树木炸裂开来一样。我听到某种建筑物轰然崩塌的惨烈声响,那是我呕心沥血一砖一瓦构建起来的。刹那间这个世间的我仿佛被替换成了某种可怕的"不存在"之物。我闭上眼,瞬间抓住了冻结在我脑中的义务观念。

"还剩五分钟了啊。带你来这种地方真是对不住。你没有生气吧?毕竟像你这样的人,本不该被这群下等人的丑态弄脏眼睛的。只是这个舞厅的规定不够严明,所以不管怎么制止,这群人总来跳免费舞。"

可是看他们跳舞的只有我罢了。园子根本没有看。她的家教告诉她要非礼勿视，所以她的目光不曾在他们身上停留半秒，只是站在眺望跳舞人群的观众身后盯着他们那汗津津的背影。

可即便如此，这里的气氛似乎在不知不觉间让园子的心也发生了某种化学反应，最终她那一向端庄的嘴角也隐约露出了微笑的迹象，看起来就像是用微笑来为自己将要说出口的话做铺垫一样：

"虽然这是个奇怪的问题，但我还是想问一下，您已经那个了吧？想必您早就明白个中滋味了吧？"

我浑身的力气仿佛一下子被抽光了，可内心的发条还仍旧在苟延残喘，它驱使我迅速做出了状似合理的回答。

"嗯……是啊。很遗憾。"
"什么时候呢？"
"去年春天。"
"和哪位小姐呢？"

——这个优雅的提问让我吃了一惊。在园子看来，我只会和知道名字的女人上床。

"我不能说她的名字。"
"到底是谁呢?"
"不要再问了。"

可能我话语间暗含的祈求意味太过明显,园子似乎一瞬间被吓到了,然后就再没开口。为了不被她察觉到我脸上血色尽失,我竭尽所能地掩饰着。我们静等着离别时刻的到来。伴着下里巴人的布鲁斯旋律,我一遍又一遍地推算着时间。音响里传来伤感的歌声,我们只是一动不动地坐着。

终于,我和园子几乎同时看向了手表。

——到时间了。起身时,我不动声色地再次看向了那张向阳处的椅子。那一拨人似乎去跳舞了,热辣阳光下的椅子空荡荡的,桌子上不知什么饮料洒了,白花花地反射着刺眼的光。

——一九四九年四月二十七日——

三岛由纪夫年表

1925年 （大正十四年）	1月14日晚9时出生于东京都四谷区永泉町2（现东京都新宿区四谷4-22），父亲为平冈梓，母亲为大和文重。真名是平冈公威。
1926年 （昭和元年）	1岁。1月份，三岛的监护人即其祖母没留意，三岛爬上楼时不慎从楼梯上摔下，额头大量流血，后被送往医院。
1927年 （昭和二年）	2岁。每年回外祖母家拜年时，身为汉学家的外祖父桥健三会教授三岛书法。
1928年 （昭和三年）	3岁。2月23日，妹妹美津子出生。
1929年 （昭和四年）	4岁。3月，母亲带三岛去丰岛园游玩。三岛从小对市谷区监狱的高楼表现出极大兴趣（三岛最后的自杀地也在市谷）。
1930年 （昭和五年）	5岁。1月19日，弟弟千之出生。同月，三岛患上自身中毒，几近丧命。
1931年 （昭和六年）	6岁。4月进入学习院小学。喜欢看绘本、世界童话，喜欢的作家是大正时期儿童文学作家小川未明·铃木三重吉。12月，首次在小学校报《小樱花》（一年出版两次）上发表俳句和短歌。自此每一期三岛都会发表自己写的诗歌、俳句、短歌等。因为身体原因，小学低年级时经常因感冒而不得不请假。

（续表）

1932年 （昭和七年）	7岁。3月10日（陆军纪念日），参加了菊池武夫中尉举行的讲座。6月6日，为建造炸弹三英雄纪念碑（位于久留米工兵营场地上）捐款。9月13日，祭拜前学习院院长乃木希典坟墓。9月17日，参加了前关东军司令本城茂的"满洲事变"一周年纪念讲座。
1933年 （昭和八年）	8岁。2月在川崎市参观了明治制化工厂。3月搬迁至四谷区西信浓町16（现新宿区信浓町8）。5月去立川进行实地考察。8月，和祖父母一起居住，开始了父母及弟妹不在身边的生活。11月，在学童陪同下到群马县太田市旅行。12月24日，出席了在学校举办的太子殿下诞辰仪式。
1934年 （昭和九年）	9岁。6月5日，参加东乡平八郎元帅的国葬仪式。7月22日，深受三岛敬佩的绘画老师大内一二去世。9月，完成散文《致大内先生》。11月去长瀞旅行。12月患上肺门淋巴结肿大。
1935年 （昭和十年）	10岁。4月6日，在赤坂宫前参加伪满洲国皇帝爱新觉罗·溥仪的欢迎仪式。4月8日，参观代代木阅兵场并观看阅兵式。5月，购买《世界童话大系一千零一夜》。同月前往潮来、鹿岛和香取，11月前往日光进行短途旅行。
1936年 （昭和十一年）	11岁。2月26日，"二二六"事件爆发，学校暂时停课。5月到伊势、奈良和京都远足。6月，完成作文《国旗》。11月到奥多摩旅行。

（续表）

1937年 （昭和十二年）	12岁。1月，完成"儿童故事、诗歌集"笔记《笹船》。3月从学习院小学部毕业。同月，父亲去欧洲留学。4月，进入学习院初中，加入文学部。同月，随父母搬迁至涩谷区大仙町15（现涩谷区翔都2-4-8）。7月，在学习院校刊《辅仁会杂志》（第159期）上发表散文《春草抄——初等科时代的回忆》。此后每一期都会发表诗歌、散文、戏剧等。10月，父亲就任农林省林业局秘书并独自搬家到大阪（直至1941年1月）。12月左右，创作诗集笔记本《儿玉——平冈小虎诗集》。
1938年 （昭和十三年）	13岁。3月，三岛的第一部小说《酸模——秋彦的童年回忆》以及《坐禅物语》和诗篇《金铃》在《辅仁会杂志》（第161期）上发表，同时发表的还有俳句。10月，在祖母带领下观看了人生第一部歌舞伎演出《假名手本忠臣藏》。
1939年 （昭和十四年）	14岁。1月18日，祖母夏子因溃疡出血去世。3月，在《辅仁会杂志》第163期上发表戏剧《东方博士》和诗篇《九官鸟》。4月，清水文雄从成城高中（现成城大学）调到学习院从事日语语法和作文教学，自此成为三岛终身尊敬的恩师。11月左右开始创作俳句，笔名为自己曾经的绰号"苍白"。

（续表）

1940年 （昭和十五年）	15岁。1月创作诗篇《凶兆》。从2月开始，在山路闲古主办的月刊俳句杂志《山栀子》上接连投稿并发表了大量俳句和诗歌（持续到第二年）。6月，当选为学习院文艺部委员。11月，在《辅仁会杂志》第166期上发表小说《彩绘玻璃》。同年，随母亲拜访诗人川路柳虹，此后在其门下学习了很长一段时间。
1941年 （昭和十六年）	16岁。2月19日，首次登门访问东文彦。7月，创作《鲜花盛开的森林》并请求清水文雄的点评与指导。同月，在川路柳虹介绍下拜访荻原朔太郎。9月，在清水主办的月刊《文艺文化》上发表《鲜花盛开的森林》，持续连载至12月，笔名为三岛由纪夫。之后，在该杂志上连续发表多篇小说、散文和诗歌。12月8日，以珍珠港袭击事件为开端，日本和美国开战。
1942年 （昭和十七年）	17岁。3月从学习院初中部毕业，4月进入学习院高中部德语专业。同月，在《文艺文化》上发表诗篇《大诏》。5月，当选为学习院文艺部主席。7月1日，与东文彦和德川义恭共同创办杂志《赤绘》，并在创刊号上发表《苧菟和玛耶》。8月26日，祖父定太郎去世，享年79岁。11月，随清水文雄一同首次拜访保田与重郎。

（续表）

1943年 （昭和十八年）	18岁。2月，就职辅仁会总务部总务秘书。从3月至10月，在《文艺文化》上连载短篇小说《世代相传》。6月9日，在伊东静雄和莲田善明的带领下，在神田区的七丈书院和富士正晴进行会面，并通过富士正晴结识林富士马。其中莲田善明为明治至昭和时期文艺评论家，也是《文艺文化》的创刊人之一，对青年时的三岛的思想形成具有重要影响。7月下旬，与德川义恭一同前往世田谷区新町，首次拜访志贺直哉。10月3日，与富士和林一同首次拜访佐藤春夫。10月8日东文彦逝世，年仅23岁。《赤绘》于第2期停刊。同年三岛还拜访了堀辰雄。
1944年（昭和十九年）	19岁。4月，与林富士马一同前往上石神井，首次拜访了檀一雄。4月27日收到征兵检查通函，5月16日，在兵库县加古郡加古川町（现加古川市）的加古川町公会堂接受了征兵检查，并予第二乙种合格。随后在17日和22日前往大阪拜访伊藤静雄。8月，《文艺文化》于第70期停刊。9月，三岛高中毕业，作为毕业生代表接受天皇赐予的银表。10月，进入东京帝国大学法学院德国法律系。同月，由七丈书院出版了处女作小说集《鲜花盛开的森林》。12月5日，外祖父桥健三去世，享年83岁。

(续表)

1945年 （昭和二十年）	20岁。2月，在中川裕一的帮助下，于杂志《文艺世纪》上发表小说《中世》第一部和第二部。2月4日收到入营通知电报，出发前准备好了遗书以及指甲、头发等遗物。2月10日，在兵库县富合村的高冈亭舍进行了入伍检查，被诊断为右肺浸润，下令即日返乡。2月22日，通过栗山理一拜访《文艺》杂志主编野田宇太郎。3月8日，收到川端康成来信。3月10日，东京大空袭开始。5月起，被动员至神奈川县高座郡大和海军高座工厂工作。6月中旬，拜访了三谷信的妹妹三谷邦子，两人此时确认恋爱关系。 8月15日，日本战败。8月19日，好友莲田善明在驻扎地自杀。8月下旬，三岛于《文艺》5月和6月刊上发表《也速该的狩猎》，并初次获得稿费。10月23日，妹妹美津子因伤寒去世，年仅17岁。
1946年 （昭和二十一年）	21岁。1月27日，前往镰仓市二阶堂首次登门拜访川端康成。自此作为弟子以师事之。5月5日，前女友三谷邦子与银行职员永井邦夫结婚。同月，与林富士马、庄野润三及岛尾敏雄一同加入伊东静雄主办的杂志《光耀》。6月，在杂志《人间》上发表作品《烟草》。9月16日，在街上偶然与邦子相遇。12月14日，与矢代静一一同参加了为太宰治和龟胜一郎举办的聚会，并首次与太宰治进行会话。

（续表）

1947年 （昭和二十二年）	22岁。4月，在杂志《群像》上发表作品《轻王子和衣通姬》。6月27日，在新桥的新夕刊报社与林房雄会面，此后相交甚密。7月，通过了日本劝业银行的初试，但未能通过面试。11月于东京大学法律系毕业。同月，由樱井书店出版短篇小说《海角物语》。12月，在杂志《文学会议》上发表作品《自杀谋划者》，此后在诸多杂志上连载各个章节。12月13日通过高级文官考试。12月24日，进入国家财政部，被任命为财政部秘书，任职于银行管理局国民储蓄科。
1948年 （昭和二十三年）	23岁。3月，在杂志《人》上发表随笔《重症患者的凶器》。6月13日，太宰治在玉川上水投水自杀，年仅38岁。9月2日，三岛向所属的国家财政部递交辞呈，并于9月22日离职。10月，加入河出书房总编辑杉森久英主办的杂志《序曲》。11月，由真光社出版了第一部长篇小说《盗贼》。12月，由镰仓文库出版了短篇集《夜幕降临前》。同月，杂志《序曲》创刊，但随后于第1期停刊。
1949年 （昭和二十四年）	24岁。2月，三岛创作的剧本《火宅》由演员座创作剧研究会完成了首次公演。7月，长篇小说《假面的告白》由河出书房出版。8月，作品集《魔群的通过》同样由河出书房出版。同月，加入舟桥圣一创办的"伽罗KYARA协会"。10月前往大阪府丰中市采风旅行。12月12日，《赤绘》杂志创刊人之一的德川义恭去世，年仅28岁。

（续表）

1950年（昭和二十五年）	25岁。1月至10月，在《妇女公论》杂志连载发表作品《纯白之夜》。2月，小田切秀雄邀请其加入共产党。6月，新潮社出版其长篇小说《爱的渴望》。同月起直至12月，在杂志《新潮》上连载作品《蓝色时代》。8月1日，迁居至目黑区绿丘2323号（现为绿丘1丁目17-24）。12月，首部由能乐改编的剧作《邯郸》由剧团Teatro Tohun首次公演。此后，加入"盆栽协会"，成员有中村光夫、福田恒存、吉田健一、大冈升平和吉川逸治等。
1951年（昭和二十六年）	26岁。1月至10月，作品《禁色》第一部由杂志《群像》连载。6月，由要书房出版首部评论集《狩猎和猎物》。11月出演文艺春秋文化节的素人剧《父亲归来》。12月25日至次年5月，作为《朝日新闻》特派记者从横滨港启航前往夏威夷，开始首次环球之旅。
1952年（昭和二十七年）	27岁。2月，第三部现代能乐作品《卒塔婆小镇》由剧团文学座首次公演。3月，在巴黎遭到诈骗，损失了50万日元的旅行支票。6月，在林房雄夫人繁子的葬礼上，向秀子夫人提出和川田康成养女政子结婚的意向，但被对方拒绝。8月起至次年8月，《禁色》第二部《秘乐》在杂志《文学界》上连载。10月，由《朝日新闻》发表世界旅行手札《阿波罗之杯》。11月20日，出演文艺春秋文化节上在帝国剧院主办的素人剧《辨天娘女男白浪·滨松屋店前的地方》。

（续表）

1953年（昭和二十八年）	28岁。2月，由创元社出版作品集《仲夏之死》。3月、8月及9月多次前往神岛采风。3月12日伊东静雄去世，终年46岁。5月28日，堀辰雄去世，年48岁。12月3日，出演文艺春秋节在帝国剧院主办的素人剧《假名手本忠臣藏（讨伐场景·撤退场景）》。12月22日，加藤道夫自杀，终年35岁。当时得知消息的三岛第一时间赶往了加藤家。
1954年（昭和二十九年）	29岁。6月，由新潮社出版长篇小说《潮骚》，之后该作品荣获首届"新潮社文学奖"。同月，退出"伽罗协会"。10月，由新潮社出版短篇作品集《上锁的房间》。同月，前往须田贝大坝和奥只见大坝采风。11月，自创歌舞伎作品《卖鱼郎巧缔姻缘》在歌舞伎剧团首次公演。同月29日，出演文艺春秋文化节的素人剧《御所五郎藏：五条坂邂逅之地》。
1955年（昭和三十年）	30岁。自1月至4月，在杂志《中央公论》上连载作品《沉没的瀑布》。7月，由新潮社出版作品集《拉迪格之死》。从9月开始健美，直到去世。10月，剧作《白蚁巢》在剧团青年座首次公演，该作品荣获第二届"岸田戏剧奖"。11月1日，出演文艺春秋文化节主办的素人剧《屋顶上的疯子》。同月，前往金阁寺、南禅寺和东舞鹤采风。同月，日记风格的随笔《小说家的假期》由讲谈社出版。

（续表）

1956年 （昭和三十一年）	31岁。从1月至10月，作品《金阁寺》在杂志《新潮》上连载，该作品荣获第八届"读卖文学奖"。2月，首次与石原慎太郎会面。3月加入剧团文学座。同月17日，在奥野健男《太宰治论》出版纪念会结束后的聚会上与北斗夫相遇。4月，《现代能乐集》由新潮社出版。同一时期加入日本飞碟研究会。6月，由角川书店出版作品集《写诗的男孩》。同月，第一本英文译本《潮骚》在美国出版。9月中旬开始直到次年6月左右练习拳击。11月，作品《鹿鸣馆》在文学座上剧团首次公演。该剧在东京演出时三岛亲自扮演木匠及种树工匠。
1957年 （昭和三十二年）	32岁。1月至9月，自传《我的青春期》在杂志《明星》上连载。同年，与同校的正田美智子在歌舞伎剧团一起观看了演出，并在银座六丁目炖肉料理店"井上"约会。从4月至6月，作品《美德之沦陷》由杂志《群像》连载。7月应Knopp出版社的邀约前往美国，直到该年年底。同月和诺曼·梅勒会面。12月14日，在纽约举行的日本社交圈聚会上，偶然和丈夫陪同下的永井邦子重逢。

(续表)

1958年（昭和三十三年）	33岁。1月，经由马德里和罗马返回日本。同月，由文艺春秋新社出版短篇作品集《过桥》。3月，前往胜闉桥和晴海采风。4月13日，与画家杉山宁的千金杉山瑶子在银座相亲见面。同月20日，与吉田健一、伊万·莫里斯一同邀请在日本逗留的斯蒂芬·斯宾德共进晚餐。6月1日，与杉山瑶子举办婚礼，场地定在明治纪念馆，媒人是川端康成夫妇。同月，先后前往箱根、热海、京都、大阪、别府和博多蜜月旅行。7月，剧作《玫瑰与海盗》首次在文学座剧院公演，该作品获得"《读卖新闻》新剧奖"。同月起至次年11月，在《明星周刊》上连载散文《不道德教育讲座》。10月，创办杂志《声》，并在该杂志上发表《镜子之家》第1章和第2章的部分内容。11月下旬开始正式练习剑道。同月29日、30日出演文艺春秋文化节的素人剧《助六》。
1959年（昭和三十四年）	34岁。1月，前往富士山脚下的青木原树海采风。4月10日，出席皇太子结婚庆典音乐会。5月10日，迁居至大田区马入东一丁目1333号（现南马入4丁目32-8）的新建宅邸。6月2日长女纪子出生。从8月开始，小高根二郎开始在杂志《果园》上连载《莲田善明及其死亡》，三岛每期必读，直至昭和四十三年（1968）十一月的最后一期。9月14日，与访日中的田纳西·威廉姆斯进行

（续表）

1959年 （昭和三十四年）	会谈。9月由新潮社出版长篇小说《镜子之家》第一部及第二部。11月，同样由该社出版日记《裸体与服装》。同月28日、29日在东京宝塚剧院出演文艺春秋文化节的素人剧《辨天女男白浪》。12月16日，出演电视节目《明星一千零一夜》。
1960年 （昭和三十五年）	35岁。从1月至10月，在《中央公论》上连载作品《宴会之后》。同月24日，出演纽约哥伦比亚广播公司的电视节目《二十世纪》。从2月开始，开始拍摄大映电影公司监制的电影《北风浪子》，导演为增村保造，3月23日首次上映。3月1日，在西银座百货公司拍摄时头部不慎被自动扶梯撞到，在东京虎之门医院住了10天。5月23日，和夫人在屋顶上看到了不明飞行物。6月18日，观看了国会附近举行的抗议《日美安保条约》的示威游行。8月，先后前往滨松航空自卫队、滨名湖和西伊豆采风。11月至次年1月，与夫人一起开始世界旅行。同月游玩了洛杉矶的迪士尼乐园，并在福比安·鲍尔斯宅邸和格蕾塔·加尔博进行会面。12月，在巴黎初次见到崇拜对象让·科克托。同月，在伦敦会见了亚瑟·韦利和斯蒂芬·斯宾德。

(续表)

1961年 （昭和三十六年）	36岁。1月在杂志《小说中央公论》上发表作品《忧国》。同月在罗马委托乔瓦尼·阿尔迪尼制作阿波罗像。1月20日离开中国香港回到日本。2月因卷入以深泽七郎的小说《风流梦谭》为导火线的"嶋中事件"而受到"右翼"的威胁。3月15日因《宴后》的模特问题被有田八郎起诉侵犯私生活。4月23日剑道初段合格。5月寄去川端康成曾委托的英文诺贝尔文学奖推荐文。6月开始在《周刊新潮》上连载《兽的嬉戏》（至9月）。9月开始成为摄影家细江英公的拍摄对象，拍摄成品即为昭和三十八年（1963）三月出版的《蔷薇刑》。同月应美国*Holiday*杂志之邀，出席在旧金山举行的日本研讨会，并以"Japanese Youth（日本青年）"为题发表演讲，之后接受了ABC电视台的采访。11月退出"盆栽会"。同月，剧作《十日菊》在文学座首演，该作品获第13届"读卖文学奖"戏剧奖（最终发表获奖结果为次年1月决定）。12月巴黎杂志*Express*介绍了小说《金阁寺》。同月去金泽采风。

（续表）

1962年（昭和三十七年）	37岁。1月开始在杂志《新潮》上连载《美丽的星星》，直至11月。3月《黑蜥蜴》由"制作人系统"首演。3月5日，应哈里·马丁森之邀，与川端康成、大冈升平、伊藤整、石川淳等20人一起到瑞典参事官邸拜访。5月2日长子威一郎诞生。7月取得驾照。7月20日，从6月开始多次强迫三岛与其见面的24岁青年私闯三岛住宅，被现场逮捕。9月在横滨港采访了三井船舶的货船。12月22日邀请朋友在自家举办圣诞派对，三岛每年都会举办这个派对，一直持续到昭和四十年（1965）。
1963年（昭和三十八年）	38岁。1月14日芥川比吕志、岸田今日子等29名剧团成员从文学座退出，以福田恒存为中心新成立了"剧团云"团队，但三岛并未包括在内。同月开始在《东京新闻》连载《我的游历时代》（至5月）。3月24日剑道二段合格。6月与川端康成、谷崎润一郎、伊藤整、大冈升平、高见顺、唐纳德·基恩等人一起担任中央公论社《日本文学》的编辑委员。8月前往彦根，"近江八景"进行采风。9月新写的长篇小说《午后曳航》由讲谈社发行。11月，由于杉村春子等人拒绝出演，戏剧《喜之琴》中止演出，三岛退出文学座（"《喜之琴》事件"）。12月由讲谈社出版短篇集《剑》。同月入选瑞典著名报纸的特辑《世界文豪》。

（续表）

1964年 （昭和三十九年）	39岁。1月开始在杂志《群像》上连载《绢与明察》，直至10月，该作品获得第6届"每日艺术奖"（最终发表获奖结果为次年1月）。同月10日，与一同退出文学座的成员组成"剧团NLT"。3月22日剑道三段合格。5月6日佐藤春夫去世，享年72岁，三岛出席了告别仪式。5月小说《宴后》获1964年西班牙"福门托尔文学奖"第二名，同时《金阁寺》也获得第四届国际文学奖第二名。8月全家去伊豆下田旅行，此后这一活动成为每年惯例。9月28日《宴后》审判一审败诉。10月作为东京奥运会的新闻特派记者连日进行采访活动。
1965年 （昭和四十年）	40岁。2月开始前往京都、奈良的圆照寺进行采风。3月4日有田八郎去世，享年80岁。同月应英国文化协会的邀请前往英国。在当地祝贺了伊凡·莫里斯获得"达夫·库珀奖"，并会见了马戈·冯斯坦、埃德娜·奥布莱恩、安格斯·威尔逊等人。4月和村松刚一同加入佐伯彰一等人主办的复刊杂志《批评》。 4月30日短片电影《忧国》拍摄完成，于次年4月首映。这部作品获得了tool国际短片电影节故事片单元第2名（最终获奖结果发表为次年1月）。7月30日谷崎润一郎去世，享年79岁。9月开始在《新潮》上连载《春雪》（《丰饶之海》

(续表)

1965年 (昭和四十年)	第一卷），直至昭和四十二年（1967）一月。从本月开始，在夫人陪伴下前往美国、欧洲、东南亚和柬埔寨进行采访旅行，直至11月。10月被提名为诺贝尔文学奖最终候选人。 11月开始在杂志《批评》上连载《太阳与铁》，直至昭和四十三年（1968年）六月。同月《萨德侯爵夫人》由NLT剧团首演，该作品获得第20届"文部省艺术祭奖"（最终获奖结果发表为次年1月）。同月开始学习居合拔（拔刀术）。
1966年 (昭和四十一年)	41岁。1月31日与国会议员进行剑道友谊赛，和桥本龙太郎对战并打了平手。2月11日参加庆祝日本国庆节的游行活动。5月29日考取剑道四段。6月在《文艺》发表《英灵之声》。6月30日观看披头士首日公演。同月下旬，一名青年粉丝打破玻璃窗，闯入三岛家。7月9日出席丸山明宏的慈善演唱会，并演唱了自己作词的歌曲。同月成为"芥川奖"评委（第55届至昭和四十五年（1970）上半年的第63届）。 8月前往大神神社、广岛江田岛海上自卫队第一术科学校、熊本神风连等地进行采风。与清水文雄、荒木精之、森本忠及莲田善明的遗孀等人会面。该月三岛购买了一把日本刀。9月，美国杂志《生活》刊登了三岛的特辑。10月申请加入自卫队演习活动，并因此委托了防卫厅有关人士。

（续表）

1966年（昭和四十一年）	11月11日应邀出席天皇皇后主办的秋季游园会。11月25日与有田八郎的遗属达成诉讼和解。12月份收到舩坂弘送来的作为序文答谢礼的日本刀、关孙六牌短刀（也有人说实际为赝品）。同月，经林房雄介绍，筹备创办《争论杂志》的万代洁来访。
1967年（昭和四十二年）	42岁。1月《争论杂志》的万代洁、中辻和彦来访。后来，日本学生同盟的持丸博也首次来访。同月获得"金箭奖"话题奖。2月开始在《新潮》上连载《奔马》（《丰饶之海》第二卷），直至次年8月。2月12日居合初段合格。4月19日起以本名"平冈公威"只身加入自卫队体验（5月27日结束）。 5月，《盛夏之死及其他》获得1967年西班牙"福门托尔文学奖"第二名（《午后曳航》也是入围作品）。同月在《平凡punch》的《全日本mr. dendy是谁？》栏目中以19590票的人气获得第一名（第二名是三船敏郎）。6月19日遇到了早稻田大学国防部的代表森田必胜。从7月2日开始，与森田等人在早稻田大学国防部和自卫队北海道北惠庭驻扎地进行了为期一周的自卫队活动体验。同月开始学习空手道（6月进入日本空手道协会道场）。 9月《叶隐入门》由光文社刊行。从本月下旬开始偕夫人前往印度、泰国、老挝进行采风。10月

（续表）

1967年 （昭和四十二年）	在印度会见甘地总理、侯赛因总统和陆军上校。在老挝，于琅勃拉邦王宫谒见国王。同月剧团NLT首演了《朱雀家的灭亡》。同月再次被提名为诺贝尔文学奖候选人。11月完成了创办《争论杂志》小组和民兵组织"祖国防卫队"的企划书。12月5日试乘航空自卫队的F-104战斗机。同月末与山本舜胜初次见面。
1968年 （昭和四十三年）	43岁。从3月1日开始的一个月里，带领学生们在自卫队富士学校泷原驻扎地进行了第一次自卫队活动体验。此后，到昭和四十五年（1970）为止以新手身份参加了5次、以老手身份参加了2次。4月剧团浪曼剧场创立。5月与林房雄、村松刚一起参加日本学生同盟的理论集训。同月开始在《波》上连载评论《小说是什么》（至昭和四十五年十一月）。6月成为日本文化协会的发起人并担任理事。7月在《中央公论》发表《文化防卫论》。8月11日考取剑道五段。9月开始在《新潮》上连载《晓之寺》（《丰饶之海》第三卷）。10月5日由"祖国防卫队"更名的"盾之会"正式成立。10月17日，川端康成获得诺贝尔文学奖。11月10日，与阿川弘之一同前往东大，要求与被大学联盟"全学共斗会议"软禁的林健太郎会面，但未果（"林健太郎监禁事件"）。10月21日，目睹国际反战日发生的"新宿骚乱事件"。

（续表）

1969年 （昭和四十四年）	44岁。1月，《我的朋友希特勒》在浪曼剧场首演。5月13日出席了东大全共斗委员会主办的讨论会。同月在保利茂官房长官的劝诱下参加东京都知事选举。6月在大映京都电影公司的摄影场地参加由五社英雄导演的电影《刽子手》的拍摄（8月9日首映），三岛扮演角色为田中新兵卫。7月，在浪曼剧团、云剧团、东宝将等剧团合作下，《癫王的露台》举办首次公演。同月由日本教文社出版了评论集《为了年轻的三罗姬》。10月12日，随着持丸博的退会，森田必胜成为"盾之会"的学生会主席。10月21日，观看了国际反战日新宿示威活动。11月3日，在国立剧场屋顶举行"盾之会"创建一周年纪念游行。同月，最后一部短篇小说《兰陵王》在杂志《群像》上发表。歌舞伎《椿说弓张月》在国立剧场大剧场首演。12月14日，通过居合（拔刀术）二段。
1970年 （昭和四十五年）	45岁。2月，一位高中男生来访并询问三岛："老师决定什么时候死呢？"4月5日参加第一届世界剑道选手权大会。与中国台湾五段选手战成平手。同月辞去日本文化会议和杂志《批评》的工作。6月17日通过空手道初段考试。7月开始在《新潮》上连载《天人五衰》（《丰饶之海》第四卷）（至次年1月）。7月7日，在《产经新闻》发表了《无法实现的约定——我心中的二十五年》。

(续表)

1970年（昭和四十五年）	8月，按照每年惯例，和家人去伊豆下田进行最后的家庭旅行。9月，由日本教文社出版对谈集《尚武之心》。10月，河出书房新社出版对谈集《源泉的感情》。11月12日至17日，在池袋的东急百货店举办"三岛由纪夫展"。11月25日，与"盾之会"的4名成员一起在陆上自卫队市谷驻扎地东部方面总监部软禁益田兼利总监，并在阳台上发表演说（三岛事件）。最后与森田必胜一起切腹自杀。

（张梦鸽）